原作開始前に没落した
悪役令嬢は
偉大な魔導師を志す
gensaku kaishimae ni
botsuraku shita akuyaku reijo ha
idai na madoshi wo kokorozasu
JN072284
桜木桜
ill.閏月戈

[NAME]
フェリシア・フローレンス・アルスタシア
フェリシアは小さな火球を
的に向かって放つ。
それは的に当たる前に突然、消滅した。
「……終わりですか？」
「ああ、終わりだ」
試験官の問いに
フェリシアは笑って答えた。

「フェリシア、そのドレス、
とても似合っているよ。
情熱的な紅が、
君の美しい髪をよく引き立てている」
[NAME]
チャールズ・
テュルダー……

gensaku kaishimae ni
botsuraku shita akuyaku reijo ha
idai na madoshi wo kokorozasu
「これくらいは師匠との訓練で、何度もやっているんだ」

原作開始前に没落した悪役令嬢は偉大な魔導師を志す

桜木桜

イラスト／閏月戈

CONTENTS

gensaku kaishimae ni botsuraku shita akuyaku reijo ha idai na madoshi wo kokorozasu

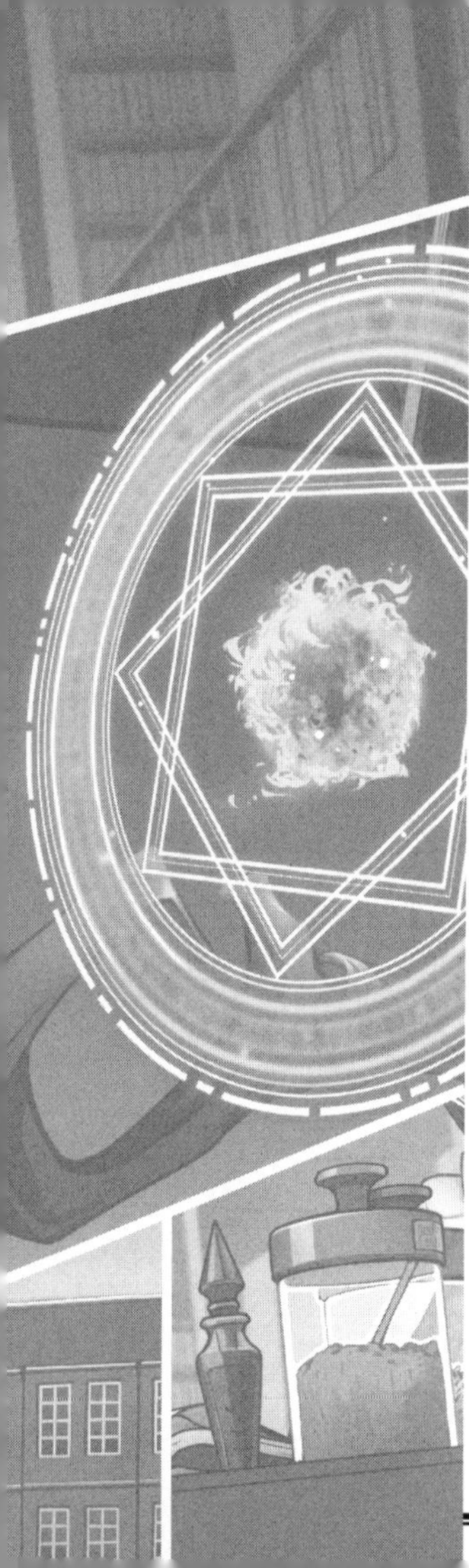

プロローグ　悪役令嬢は偉大な魔導師を志す

gensaku kaishimae ni
botsuraku shita
akuyaku reijo ha idai na
madoshi wo kokorozasu

とある宇宙、とある惑星に、日本という国があった。

その国では使用者の入力に合わせて、二次元的なイラストとテキスト、そして音声が出力され、その出力された情報を楽しむ……通称、〝ゲーム〟という遊びが流行していた。

そのゲームには様々なジャンルがあったが、その中には〝恋愛ゲーム〟と言われるものがあった。

とある日本人の会社員の女性もまた、その恋愛ゲームのへヴィーユーザーだった。

ある時、女性は不運な事故により死んでしまう。なぜ、死んでしまったのかは重要ではない。

重要なのは死後……女性は〝神様〟に出会った。

神様は言った。

あなたの死は本来、予定されていなかった。故にお詫びとして好きな世界に、好きな立場、人物として転生させてあげよう。合わせて、その世界で生きていられるように能力も授けよう。

女性は喜んだ。というのも、「異世界転生」というジャンルの小説が当時流行っており、その女性はその手の話が好きだったからだ。

女性は自分がもっとも好きだったゲームの世界——エングレンド王国のロンディニア

魔法学園という場所が舞台の恋愛ゲーム――の主人公への転生を希望し、合わせて能力として「莫大な魔力」とそれを自由に扱える「魔法の才覚」を授かった。

かくして……

エングレンド王国に「アナベラ・チェルソン」という名前の、〝前世の記憶〟と〝優れた魔法の才能〟を持つ少女が生まれたのだ。

アナベラは〝前世の記憶〟のうち、役に立ちそうな知識を自分の父親へと話した。

〝石鹸〟や〝甜菜を用いた砂糖〟など様々な物品の安価な生産方法について、年相応のたどたどしく、かつ曖昧で要領を得ない説明であったが、不思議と彼女の父親はそれを理解できてしまった。

そして曖昧な知識の下で実行されたそれらの生産は、不思議と成功し、また不思議と事業は上手く行った。

さらにアナベラは〝原作知識〟を使い、「銀を用いた人工ミスリルの精製」の研究に投資をするように父親を説得した。

研究は一気に進み、〝原作〟と比較して十年以上も早くその研究は結実した。

結果として、ミスリル銀鉱山を経済基盤とするアルスタシア公爵家の政治的・経済的な影響力が一気に縮小した。

同時にまるで誰かが意図したかのように、アルスタシア家の不運と不幸は続き――同時にかの家が陰で行っていた政治的な工作が明らかになり――、アルスタシア家は没落。

そのアルスタシア家の長女、本来ならば悪役令嬢としてアナベラを苦しめるはずだった彼女は、十年以上も早く故国を離れることになった。

これはゲームの世界に転生した女性の話ではなく……

そんな原作開始前に没落した悪役令嬢の物語。

※

さて、アナベラが生まれてから八年。ある家族は不幸のどん底にいた。

「ああ、これからどうすれば……」

「……本当にすまない。私が不甲斐ないばかりに」

金髪の男女が嘆くように言った。

女性はふさぎ込むように顔を俯かせ、そして男性は馬車を操りながら暗い表情を浮かべている。

二人はエングレンド王国の元大貴族。アルスタシア家の当主とその妻だ。

「お父様のせいではありませんよ。私はお父様が頑張っていたことを知っています」

金髪金色の瞳の少女は背後から、優しく父親を慰めた。

凛とした意志の強い声。

将来、見る者を圧倒することになる美しい容姿はその片鱗を見せている。

今までは縦ロールにしていた長い髪は、整える余裕がないためか、ツインテールにして簡単に結んでいる。

フェリシア・フローレンス・アルスタシア。

容姿端麗・頭脳明晰・スポーツ万能な彼女は、八歳でありながらも自分の置かれている状況を正しく認識していた。

「人工ミスリルが……あんなものが発明されるだなんて、誰も想像ができませんでした。だから、仕方がないことなんです。お父様に責任はありません」

「だが……本来なら、お前は王妃に……」

「過ぎたことを悔やんでも、仕方がないじゃありませんか。……お母様も、元気を出して！　三人で頑張りましょう!!」

そう言って明るい表情で両親を慰めているフェリシア本人は知る由もないことだが……

彼女は『恋愛ゲーム』で〝主人公〟の引き立て役になるはずの、〝悪役令嬢〟である。

ゲームシナリオ次第では王太子に婚約破棄をされ、没落する運命にあるのだが……

まだ原作開始前であるにもかかわらず、アルスタシア家は没落し、婚約も自然消滅となった。

原因はアナベラがこの世界にもたらした変化である。その変化は直接的・間接的を問わず、不思議とアルスタシア家の既得権益をピンポイントで削ぎ落とした。

そしてフェリシアの亡くなった祖父が行っていた悪事が、不幸な偶然から明らかにされてしまったのだ。

故に本来は傲慢なフェリシアの性格にも、若干の変化が起こっていた。

「見知らぬ土地でも、家族三人で協力し合えば、きっと大丈夫です！」

アルスタシア家の一行はエングレンド王国を離れ、その北にあるアルバ王国という国で新たな生活を始めようとしていた。

今は僅かに残った財産を馬車に詰め、目的地である街に向かっている最中だ。

「私、結構楽し……」

フェリシアがそう言いかけた、その時。馬車に大きな衝撃が走り、大きく揺れた。

結果、フェリシアたち三人は外へと投げ出されてしまう。

三人を投げ出した馬車は、谷底へと真っ逆さまに落下した。

「っち、馬車が落ちちまったじゃねぇか！」

「てめぇの作戦のせいだぞ！　どう落とし前つけるつもりだ！」

「そ、そんな、お頭ぁ……」

複数の騎馬が近づいてきた。

盗賊だ、とアルスタシア家一行の中で唯一(ゆいいつ)冷静だった彼女は気付いた。

「お、お父様、お母様、に、逃げ……」

フェリシアは落ち込んでいる両親を立たせ、逃げようとする。

が、しかし少し遅かった。

「ほう、生き残りがいるとは」

「奴隷(どれい)にして売り払えば、少しは金になるか……」

「それに中々、良い服を着てますぜ、お頭」

「それに女の方は中々の上玉だ」

あっという間にフェリシアたちは盗賊たちに捕まってしまう。

フェリシアの父であるアンガスは涙を流しながら、盗賊に懇願(こんがん)する。

「どうか……どうか、お願いだ、私はどうなっても良い。妻と子供だけっぐはぁ……」

「黙れよ、おっさん」

腹を蹴り上げられたアンガスは苦しそうに呻(うめ)く。

「お、お父様……っぐぅ……」

「黙りな、可愛い子ちゃん」

長い髪を引っ張られ、フェリシアは小さな悲鳴を上げた。

目の前では父親がリンチされ、そして母親は今にも辱められそうになっている。

「なああ、お頭！　この妖精ちゃん、ヤっちまってもかまいませんよね？」

「ふん……構わんが、その前に髪を切るぞ。この金髪は良い値で売れるはずだ」

盗賊の頭がフェリシアの髪に短刀を当てる。

頑張って伸ばした、長く、美しい金髪が、無残にも切り落とされようとしている。

フェリシアの瞳に涙が浮かんだ。

「誰か……助けて……」

「はは！　そんな都合よくヒーローが駆けつけてくれるわけっぐぁ!!」

その瞬間、盗賊は吹き飛んだ。

フェリシアが気付いた時には全ての盗賊たちは地面に倒れ、動かなくなっていた。

「だ、誰？」

いつの間にか、男性が一人、立っていた。

がっしりとした体つきで、二十代半ばほどに見える。

その容姿は貴族からしてみても、整っていた。……もっとも美しいというよりは逞しいという印象の方が強いが。

「通りすがりの正義の味方だぜ。趣味は人助けだ。名乗るほどのものじゃないぜ」

キメ顔で男性は言った。

そしてフェリシアたちに背を向ける。

「感謝の言葉も、お礼の品もいらないぜ。……まあ、強いて言えば、そうだな。悪事を為す奴は、必ず大魔導師ローランが打ち倒すと、宣伝してくれればいいぜ。それだけで悪への抑止力になるからな」

「……名乗ったじゃん」

「少女よ、細かいことを気にすると、大物になれないぜ？　俺様のような、な！」

そう言うと魔導師ローランはどこかへと飛び立ってしまった。

これにはフェリシアたちも、あんぐりと口を開けて呆然とするしかない。

大魔導師――魔法を極めたごく一部の魔法使いである魔導師の中でも特に優れた人物――は変人が多いと聞いたが、なるほど、確かに変人だ。

そう、変人だが……輝いていた。

「……カッコいい。私も、あんな風に……」

その強い憧れは、やがて少女の、いや……

世界の運命を大きく変えることとなる。

※

それから約一年後のこと。

アルバ王国のとある街を二人の親子連れが歩いていた。一人は優しそうな顔立ちの男性で、もう一人はどこか気の抜けたような顔の少女である。

少女は何か怒られている様子ではあるが……二人とも裕福で幸せそうに見えた。

そんな二人連れのところへ……一人の少年が駆けてきた。

目元と髪が隠れるほど、深く帽子(ぼうし)を被っている。

少年は紳士にぶつかり、尻餅(しりもち)をついた。

「いたっ……ご、ごめんなさい！　大丈夫ですか⁉」

少年はやや大袈裟に男性に対して頭を下げた。一方で男性は心配そうな表情で尋(たず)ねる。

「いや、大丈夫だ。……君も怪我(けが)はないかい？」

すると少年はどこかバツの悪そうな表情をした。

一方で男性に連れられた少女は少年を見ながら、どこか不思議そうに——見覚えがあるような気がするのに、誰なのか分からない人を見たかのように——首を傾(かし)げた。

少年は慌てて立ち上がる。

「無事で何よりだ！　じゃあ、私はこれで!!」

少年は一目散に走り去っていく。

……ポケットにあったはずの財布がなくなっていることに男性が気付いたのは、それから五分後のことだった。


「はぁ……はぁ……上手く行った」

少年は額の汗を拭った。

全力で走ったがためでもあるが、それ以上に盗み、窃盗によるところが大きい。

それだけ緊張していたのだ。

「相変わらず、上手いな。フェリックス」

「才能あるぜ」

ニヤニヤと笑いながら、十代後半ほどの少年たちがフェリックスの肩を叩く。

そして手を出した。

「分かっているよな？」

「……ああ、分かってる」

フェリックスはやや不満そうな表情で盗んだばかりの財布を渡す。

「何だ、不満そうな顔だな」

「べ、別に不満なんて……っけほ」

フェリックスの腹部に少年の膝がめり込んだ。膝を折り、苦しそうにお腹を押さえながら咳き込む。

ポトリと帽子が地面に落ちた。

「ほら、一割がお前の分け前だ」

「これからもよろしくな」

そしてゲラゲラと笑いながら立ち去っていく。

少年たちが見えなくなってから、フェリックスは舌打ちし、悔しそうに呟いた。

「どうして私が……こんなところで、こんな目に……」

泣きそうな声と共に、帽子に隠れるほど短く切られた金絹の髪が舞った。

フェリックス、否、フェリシアはギュッとスカスカの財布を握りしめた。

※

馬車と財産は失ったが、幸いにも大きな怪我をすることはなかった。

結果として、フェリシアたちは何とか街に辿り着くことができた。

しかし財産を失った代償は大きかった。

何とか生活費を稼ぐために服を売り、そして長く美しかった髪も売り払ってしまった。

それでも……仕事がなければ、お金は減る一方だ。

当初、フェリシアの父親――アンガス――は楽観視していた。

自分には貴族として受けた教育が、知識があり、読み書きも計算もできる。

食い扶持くらいは稼げるだろう……と。

しかしそれは大きな間違いだった。

というのも、この街ではそういう識字能力や計算能力が必要となる人材は十分に間に合っていたのだ。

つまり頭脳労働ができるような働き口はなかった。

そして……貴族であるアンガスに肉体労働など、できるはずもない。

結果、借金だけが膨れ上がった。

やがて自暴自棄になったアンガスは酒と賭博に嵌まり……フェリシアたちに莫大な借金を残して、どこかへと消えてしまった。

もちろん、フェリシアの母親――フローレンス――がまともに働けるはずもない。

故に全ての負担はフェリシアの小さな両肩に預けられた。

女であることを隠すために男装をし、顔に泥を塗って汚し、口調を男口調に矯正し、そしてフェリックスという偽名を名乗るようにした。

そして真冬であるにもかかわらず、半袖半ズボンの薄着に、盗んだボロボロの帽子、そして裸足という姿で、ゴミ漁り、靴磨き、物乞い、窃盗でなんとか日々の生活費を稼いでいる。

僅かではあるがしばらくの生活費を手にしたフェリシアは今、住んでいる家へと向かった。

その建物は家……というよりは、今にも壊れてしまいそうな小屋だった。

辛うじて風雨を凌げる程度、強風が吹けばあっという間に吹き飛んでしまいそう……そんな小屋だ。

フェリシアは歯を食いしばり、僅かに目じりに浮かんでいた涙を拭うと、明るい表情で扉を開けた。

「お母様、戻り……」

「あなた！　戻って……ああ、フェリシアね」

ゲホゲホと咳き込みながら、落胆した様子で、簡素なベッドに横たわった女性――フェリシアの母、フローレンス――は言った。

夫に見捨てられたことで、フローレンスは精神的に病んでしまった。

心が弱れば、体も弱る。

そして不衛生な環境で、まともに暖も取れず、食事すらも覚束ない環境で……

病気に罹るのは、必然だった。

「げほっげほっ……」

「ダメだ、お母様……寝てないと……」

フェリシアは慌ててフローレンスに駆け寄る。

フローレンスをベッドに寝かせてから、銀貨を見せる。

「今日、お父様がこんなにくれましたよ！　これで美味しい物を食べられます‼」

「……アンガス様は、いつ戻って来られるの？」

「あ、あー、ま、まだ仕事が忙しいみたいです。でも、直に帰って来られるって！」

アンガスは家族と離れ、少し遠い場所で住み込みで働いている。

……ということになっていた。

これはフローレンスの妄想だ。そう信じ込まないと、彼女は生きていられないのだ。

そしてフェリシアもその妄想に乗っていた。まさか、窃盗をしているなどとは口が裂けても言えない。

「そう……また会えたら、待ってるって、伝えて」

「は、はい！　分かりました、必ず伝えます。お母様！」

フェリシアはフローレンスの手を握りしめて言った。

それからフローレンスは心配そうな声音で言った。

「フェリシア。あなた、最近……怪我をして帰ってくることがあるけど……」

ゴミ漁りや靴磨き、物乞いの場所取りでは喧嘩(けんか)はしょっちゅうだ。

そして窃盗に失敗すれば、暴行を受けることもある。

だから生傷が絶えない。

「……無理だけは、しないでね」

「はい、お母様」

フェリシアは大きく頷いた。そして……決意するのだ。

多少危険があっても、森に入り、魔導師マーリンを見つけよう。

そして……病気を治す薬を貰ってこよう、と。

※

アルバ王国の「迷いの森」。

その奥深くには隠居中の賢者、大魔導師マーリンが住んでいる。

マーリンは人嫌いだが、非常に優れた錬金術師で、どんな難病の薬も作ることができる……

眉唾ものの噂であるが、フェリシアにはそれに縋る以外の方法はなかった
フェリシアは残っていたお金で三日分の食料を買い、母親に渡した。
そして目的地は告げず「三日後には必ず戻る」と伝えて、家を出た。
そして「迷いの森」の奥へと、足を踏み入れた。

「威勢よく出たは良いけど……参ったな。迷ったぜ」

フェリシアは拾った枝を杖にして歩きながら、呟いた。

すでに二日経っているがフェリシアはマーリンを見つけることはできなかった。

当てもなく迷い歩くしか方法はない。

「寒い、お腹空いた……」

降り始めた雪と空腹がフェリシアの体力を奪う。

それでも必死に前へと足を進めるが……

ついに力尽き、倒れてしまった。

「花畑？」

気付くと、春の陽気を感じさせる、一面に花畑が広がる楽園のような景色が広がっていた。

花畑の中央には木造の小屋があった。

「はは……天国かよ」

フェリシアは花畑の上で静かに目を瞑った。

「約束を……果たせなくて、申し訳ありません……お母様」

「こんなところで死なれても困るのだけれどね」

暗闇の中、フェリシアはそんな声を聞いた。

※

「……ここは？」

目が覚めると、フェリシアは暖かく、柔らかいベッドの上で寝ていた。

周囲を見回すと……知らない場所だ。

「目が覚めたようだな」

平淡（へいたん）な、男とも女とも分からない声が聞こえた。

そちらに視線を向けると……深いフードを被った人物が椅子（いす）に座り、こちらを観察している。

フードを被った人物は、謎の黄色い液体をフェリシアに差し出した。

「これを飲め」

「……分かった」

どういうことか分からないが、助けてもらえたらしい。ならば疑っても仕方があるまい。

そう思ったフェリシアは薬を一気飲みした。すると……

「ち、力が……」

「体力が戻ったようだな。……では、早々に立ち去れ」

フードを被った人物は冷たくそう言い放った。フェリシアはまじまじとその人物を見つめ、そして尋ねる。

「もしかして、大魔導師マーリン様か？」

「……確かに、その通りだ」

「お願いがある！」

フェリシアは深々と、マーリンに頭を下げようとして……それをマーリンは手で制した。

「眠っているお前の記憶を探らせてもらった。大方の事情は察している」

「な、なら……」

「薬を作る気はない。私にメリットがないからな」

「そ、そんな……お願いします」

しかしマーリンが承諾してくれそうな気配はない。フェリシアは改めて向き直り、膝を折った。

「どうか、どうか……お願いします。何でも、私にできることならば、何でもします」

「……ふむ」

マーリンはじっとフェリシアを見つめた。それから少し考え込んだ様子で尋ねた。

「そう言えば、ローランに助けられたようだな」

「それが一体……」

「薬が欲しければ、質問に答えろ。あと、猫は被らなくても良い」

そう言われれば答えるしかない。フェリシアは頷き、そして敬語を使うのもやめる。

「ああ、助けてもらった。カッコ良いなって、思った。私もあんな風になりたい！」

「あんな風、とは……魔導師になりたい、と？」

どこか試すようにマーリンは尋ねた。

それに気づかず、フェリシアは少し考えてから首を横に振った。

「うーん、ちょっとそれは違うんだ。別に魔導師じゃないとどうしてもダメってわけじゃない」

「……ではローランのようになりたいと？」

「ローラン様には感謝しているけど、あの人はちょっと、いやかなり変わっている。

……カッコいいなとは思うけど、自分がああなりたいとはあまり思わないな」

「ふむ？　だが、そのあまり似合っていない男口調はローランに寄せた結果ではないか？」

「す、少しくらいは真似したって良いだろ！」

顔を少し赤らめてフェリシアは反論した。マーリンはどこか愉快そうに不気味に笑い、そしてフェリシアに尋ねる。

「では、人助けがしたいと？」

「それは……それも、少し違う。あ、いや……助けられるならそうするけど……でも、ローラン様のように世界中を回って人助けってのは、ちょっと違うな」

「……では、どんな姿に憧れたと？」

フェリシアは腕を組み、うんうんと唸ってから答えた。

「キラキラして見えたんだ」

「キラキラ？」

「自由というか……自分の信念に従って生きているというか、世間の風潮に流されないというか、とにかく、こう、芯がしっかりしているっていうのかな？　そういうところが、凄いなって思えたんだ。だから、私も……」

フェリシアは強く頷いた。

「自分の生き方を見つけて、それに従って生きていきたい。惰性じゃなくて、自分で自分を決められる人間になりたい。……魔導師はそんな人物の代表例、って感じかな？　ローラン様も、もちろん、マーリン様にも私は憧れる。……輝いて見えるんだ」

まあ……ローラン様は相当な変人だし、マーリン様も意地悪な引きこもりだから、そこは全然憧れないけど。

と、口から出かけた言葉をフェリシアは飲み込んだ。

「それに貴族から平民に堕ちて、分かったんだ。私は何にも、この世界のことを知らなかった。こんな生活が存在するなんて、想像もできなかった。世界はまだまだ、私が知らないことばかりなんだ。だから……知識と力が欲しい。いろんなことを知りたいんだ」

そう言ってから、フェリシアはため息をついた。

「まあ、衣食住すら覚束ないこの状況じゃあ、魔法学園に通って魔法を習うなんて、夢のまた夢だけどな！　その辺は、頑張って何とかするしかないな」

そして陽気に笑った。それからマーリンに尋ねる。

「で、どうだ？　話したぜ。薬、作ってくれるか？　母さんの病気は最優先事項なんだが。それが治らないと話にならない」

しかしマーリンはフェリシアの言葉を無視し、ブツブツと小声で呟く。

「……人間の人格は遺伝子だけでなく、幼少期の体験や経験によって形成されるけれど、ここまで変わるものなのね」

「……マーリン様？」

「自分の哲学が欲しい、哲学を持って生きたい……そして困難な状況でも、自力で学ぼうという強い意志がある。数か月前まで貴族であったにもかかわらず、生きるために窃盗や靴磨きに従事する……手段を択ばぬ狡猾さ。そして薬を得るために『迷いの森』へと躊躇なく入る勇気。好奇心と探求心も旺盛で、頭の出来もそんなに悪くはない……うん、良いわね」

「あの、マーリン様？　マーリンさまー、聞いてますかぁー」

「フェリシア」

マーリンは自らのフードを取り外した、現れたのは……十五歳ほどの年齢に見える、白髪の少女だった。

「私の弟子になりなさい。それが条件よ」

「……弟子？」

フェリシアは目を丸くする。

そもそも百歳を超えると言われているマーリンの見た目が十代の少女というのも驚きだが、それ以上に弟子という提案は意外だ。

「どうしてだ？」

「助手が欲しいと思っていたし、それに私もそろそろ後進育成に精を出して、少しは社会に貢献しようと思っただけよ。そんな折に丁度、見込みがありそうな子が現れた。それだけ」

見込みがありそうな子、というのはフェリシアだろう。しかしフェリシアは首を傾げる。

「どこが、どう見込みがありそうなんだ？　私、そんなに魔法の才能があるのか？」

「魔法の才能は並み以上にあるわね。でも、魔導師にとって大切なのは魔法の才能じゃないわ」

「……？　魔導師ってのは、凄い魔法使いのことじゃないのか？」

「それは魔導の何たるかを分かっていない馬鹿な魔法使いか、自分を魔導師だと思い込んでいる大馬鹿な魔法使いの考え方よ」

マーリンはそう言って鼻で笑った。ちょっと馬鹿にされた気がしたフェリシアは眉を顰める。

「じゃあ、何なんだよ」

「魔法使いは、魔法を道具として〝使う〟者。一方、魔導師とは魔法を〝導く〟者。世界の理を解き明かし、学問を探求する者。知識の消費者ではなく、生産者。だから魔導師に絶対に必要なものは、〝好奇心〟と〝探求心〟。そして人生の指針となる〝哲学〟。

ただ魔法が使いたいなんていう動機は、いくら魔法の才能があろうとも『論外』よ」

そう言ってからマーリンはフェリシアの顔を指差す。

「そもそもね、魔導師以前に、特定の職業になりたいなんていうのは、私から言わせてみれば薄っぺらい。職業なんてのは、ただの外見でしかない。大事なのは中身。どのような人生を歩みたいか。憧れの職業なんてのはね、無数に存在する通過点に過ぎない。通過点を目的地に掲げる人間に未来はないわ。その点、あなたは幼いながらも本質を理解していた。だから見込みがある」

「……マーリン様ってさ」

「何？」

「好きなことだと、とたんに饒舌（じょうぜつ）になるんだな。凄い早口と長文だ」

フェリシアがそう言うと……マーリンの顔は真紅に染まった。

そして杖（つえ）を振り上げ、フェリシアの頭を殴った。

「痛い！」

「黙りなさい。……それで、私の言いたいことは分かった？」

「ああ、理解したぜ。魔導師ってのは……なるもんじゃないし、目指すものでもない。真理を探究しているうちに、信念を貫いているうちに、気が付いたらなっているもの。……そういうことだろ？」

フェリシアの問いにマーリンは満足そうに頷いた。

「そういうこと。で、どうする？　あなたが私に弟子入りするというのであれば、最低限の面倒は見てあげるわ。身を守るための術も教えてあげる」

「願ってもないことだ……師匠！」

「契約、成立ね」

※

さて……それから約二年後、アルバ王国の「迷いの森」では、美しい金髪を短く刈り揃えた少女が、白髪の魔女に文句を言っていた。

「あのさぁ……師匠」

「何かしら？」

「いつになったら、実践的な魔法を教えてくれるんだ？」

弟子になって二年。

十一歳となったフェリシアは数々の知識を師であるマーリンから教わっていたが、未だに魔法に関しては少しも教えてもらえていなかった。

「あら？　私は基礎がもっとも大切だと、説明したはずだけど？　それとも、飽きてしまったの？」

「そういうわけじゃないけどさぁ……座学ばっかってのはちょっと不安というか……」

フェリシアがこの二年間で習ったのは、〝自由七科〟という七科目の授業と、基礎的な哲学だ。

文法学、論理学、修辞学、幾何学、算術、天文学、音楽、そして哲学。

勉強が嫌いではない、むしろ好きな部類のフェリシアにとっては決して苦ではなく、むしろ新たな知識や教養を学べるのは喜びだった。

が、しかし……

「普通の貴族の子は、九、十歳くらいから魔法の実践授業を受けるんだぞ？　私はもう十一歳なのに……もう一年も出遅れているじゃないか。不安だ……」

フェリシアが不安に思うのもムリはない。

普通の貴族の子女は学習にいくらでも時間を充てることができるが、母親の生活費を稼がなければならないフェリシアはそうはいかないのだ。

靴磨きや窃盗で必死にお金を稼ぎ、空いた時間や、睡眠時間を削って勉強に充てる。

そういう生活をしているため、自分の学習が他の子と比べて遅れているのではないかという強い危機感があった。

「最近の貴族の子ってのは、九、十歳で自由七科や哲学を修められるの？」

「まさか！　普通はそんなのやらないよ。簡単な魔法からちょっとずつ覚えていくんだ」

フェリシアがそう言うと……マーリンは鼻で笑った。

「なるほどね。つまりただ魔法陣と呪文、杖の振り方を丸暗記して、馬鹿みたいにそれを覚えていくっていう、何の生産性もないような教え方をしているわけね」

「……魔法の学習ってのは、普通、そういうものじゃないのか？」

「野猿をサーカスのスターにするなら、そういう〝猿のお遊戯会〟でも良いけど。私はね、人間を一流の魔導師にするために、教えているのよ。猿を育てているつもりも、サーカスのスターにする気もないの。人気者の猿になりたいなら、他を当たりなさい」

「そ、それは困る……」

「なら大人しく従いなさい」

「……大人しく従うだけってのは、〝猿のお遊戯会〟じゃないか？　私は人間だ。せめて納得のいく説明が欲しい」

常日頃疑問を持てとフェリシアに言っているのはマーリンだ。

せめて自分のやっていることの意味を、魔法をまだ教えてくれない理由を教えて欲しい。

そういうフェリシアの主張に一理あると感じたマーリンは頷き、そして唐突に妙なことを言いだした。

「フェリシア、常日頃から私、思っていたのだけどね。私、あなたが好みだわ」

「……え？」

「金髪で、可愛い見た目をしているし。正直、襲ってやりたいと何度も思ったわ。ああ、もちろん、性的な意味よ」

「ふぇ……？　し、師匠⁉　きゅ、急に、な、何を言いだすんだ！」

顔を赤らめ、体を両手で抱きながら後退るフェリシア。

何だかんだで育ちは良いので、こういうことには免疫が全くないのだ。

「今のが魔法よ？」

「……え？」

「私の言葉で、あなたは驚き、困惑し、恐怖を感じた。こうやって世界に影響をもたらすのが魔法。哲学で世界の仕組みを知る。幾何学、算術、天文学で世界を測る。そして文法学、論理学、修辞学、音楽で世界を動かす。……分かったかしら？」

「な、なるほど……つまり魔法式の真の理解のためには、そういう知識が必要不可欠ってことか？」

「そういうこと。例えば……」

マーリンは大きな杖を振り、小さな火球を生み出してみせた。

それは貴族の子女が最初に習う簡単な魔法の一つだ。

「使うだけなら、魔法陣と詠唱（えいしょう）、杖の振り方を覚えるだけで良いわ。でもね、実はこの簡単な魔法の背景には複雑な魔法式や魔法理論が存在する。あなたが丸暗記した魔法をただ放つだけの、魔法を撃つ器械になりたければそれでも良いけれど、魔法を生み出す者になりたければ、この魔法式と魔法理論を根本から理解する必要があるわ」

もちろん、フェリシアが目指しているのは魔法使いではなく、魔導師であり、真理の探究者だ。

〝猿のお遊戯会〟に興ずるつもりはない。

「……まあ、それに表面上の魔法だけ覚えても、意味がないしね」

ポツリ、とマーリンは呟いた。一方でフェリシアは首を傾げる。

「まあ……そういうことなら、我慢する。……でも、早く教えて欲しいって気持ちは本当だ」

「……まあ、あなたは出来が良いし、基礎は十分に出来てきているから、教えてあげられないこともないわ」

「本当か！」

「でも、負担は増えるわよ。その覚悟はある？」

……

今でもフェリシアは十一歳の少女としては限界ギリギリの生活を送っている。しかし

「もちろん！　それくらいできなければ、魔導師になれない！」

「よろしい。言ったからには、ちゃんとこなしなさい」

※

それから半年。

実践的な魔法を習うようになってから、フェリシアの生活は一変した。

魔法で生活の糧（かて）を得られるようになったからだ。

しかし急に実入りが良くなったフェリシアを妬（ねた）み、無理矢理にそのお金を盗もうとする者も現れるようになる。

だがそういう者たちは大抵……

「ま、参りました……」

「ゆ、許してください……」

魔法という強力な武器を得たフェリシアに倒されるようになった。

「ふん、まあもうこれ以上、私にちょっかい出さないっていうなら許してやるけどさ」

フェリシアは自分に膝を折り、額を地面に擦り付けている二人の男を見下ろす。

彼らは以前、フェリシアに窃盗をやらせ、そして上納金としてその殆（ほとん）どを奪っていた青年たちだ。

かつてのフェリシアは無抵抗のまま、殴られ、蹴られ、悔し涙を流すしかなかったが……。

今ではすっかり立場が逆転した。

（まあ……でも、盗みを教えてくれたのはこいつらだし、恩が全くないというわけでもないか）

そう考えたフェリシアは、財布から銅貨を数枚投げた。

「生活に困ってるってなら、少しだけやるよ。もうこれからは弱い者いじめをするなよ？」

「へ、へい！　フェリックスの兄貴！」

「兄貴には逆らいません！」

「調子のいい奴らだ……」

フェリシアはため息をついてから、ふと、自分の短く切った髪に触れる。

身を守る手段を得た今、男装の必要はない。

口調は荒いが、フェリシアも年頃の女の子……本当はお洒落（しゃれ）をしたいのだ。

「髪、もう一度伸ばそうかな……」

※

さて、フェリシアが倒した二人の青年はこの街ではそれなりに名の知れた不良であった。

そんな不良を舎弟にした――もちろんフェリシアは舎弟にしたつもりはないのだが――フェリシアはあっという間に不良たちの間で有名人となり、次々と舎弟入りを望むもの、そして決闘を挑むものが現れるようになった。

「お前がフェリックスだな？　俺の名前はマルカム！　お前を倒して、俺がこの街で最強であることを証明してやる」

金属製の棒をビシッとフェリシアに向けて、その不良少年は宣言した。

赤毛で鼻の辺りにそばかすがある、大柄な少年だ。

成長したらさぞや女性にモテるだろう……そんな容姿をしている。

「ま、マルカム！　あの撲殺のマルカムか!?」

「兄貴、あいつ、かなり強いっすぜ。気を付けてくだせぇ」

「だから、兄貴って言うなと……」

すっかりフェリシアの舎弟気取りの二人に、内心でため息をつきながら……

魔法を使うため及び自衛用の樫(かし)の杖を構えた。

「正直やる気はないけど、降りかかる火の粉は自分で払う」

「そうこなくっちゃ！」

マルカムはそう叫ぶと、金属の棒を振りかぶりフェリシアに襲い掛かった。

直撃すれば脳天をかち割るだろうその一撃を、フェリシアは樫の杖で受け止め……そのまま受け流す。

「うわっ、な、なんだ⁉」

「おお！　あれは兄貴得意の受け流し技だ！」

そして前へとよろめいたマルカムの腹部に、フェリシアは蹴りを入れる。

魔法で強化されたその一撃は、マルカムを吹き飛ばすには十分な威力だった。

「っぐ……」

「さすが兄貴！　相変わらず、流れるような一撃だぜ！」

吹き飛んだマルカムに対し、フェリシアは軽く杖を振る。

すると無数の魔法弾が出現し、それはマルカムへと襲い掛かった。

「ひゅー、容赦ねぇ！」

「さっすが兄貴だぜ！」

「お前ら、恥ずかしいからやめろ」

フェリシアは頬を赤らめながら、最近少しだけ伸びてきた髪を弄った。

「こ、この……次は、絶対に負けないからな！」

満身創痍という様子のマルカムは、そんな捨て台詞を吐いて逃げていった。

……普段なら、あと数回ボコボコにしてやるだけで、フェリシアには挑まなくなる。

だがマルカムは違った。

何回も、何十回もフェリシアに挑み続けた。

そして数か月が経過した。

※

「はぁ……いい加減にしろよな、お前」

倒れたマルカムに対し、フェリシアは呆れ声で言った。

マルカムはよろよろとした足取りで、立ち上がる。

「安心しろ、今日で最後だ」

「……え？」

「訳あって、ロンディニアに移り住むことになったんだ。迷惑かけたな」

そう寂しそうに言うマルカム。

そんなことを言われると、フェリシアも少しだけ寂しくなってしまう。迷惑だったが……それなりに楽しい日々だったのだ。

「……約束だ」

「え？」

「また会おうって、ことだよ」

少し頬を赤くしてフェリシアは言った。

これにはマルカムは少しだけ、ドキッとしながら……拳を突き出す。

「ああ、約束だ」

拳と拳が軽くぶつかった。

※

「しかし……フェリックスのやつに、ちょっとだけドキドキしちゃったなんて、俺はどうかしてるぜ。……それもこれも、男のくせに、髪の毛なんて伸ばしているから悪いんだ！」

マルカム・アルダーソン。

エングレンド王国アルダーソン家の当主の妾腹(しょうふく)の息子の彼は、フェリシアが女の子であることに最後まで気付かなかった。

※

「うん……良くできているわね。論証もしっかりしているし」

フェリシアが書いたレポートを読みながら、マーリンは頷いた。

普段は毒舌で手厳しいマーリンからの思わぬ高評価に、フェリシアはガッツポーズをする。

「やった！」

基礎的な魔法を学習した後に、フェリシアに課せられたのは、魔法理論の証明や魔法の開発などであった。

マーリンが課題を出し、それについてフェリシアが自ら調べ、考え、レポートにまとめて提出する。

このような授業形式が半年ほど続いた。

「もう、教えることは何もなさそうね。本当に立派になったわ」

マーリンは労うようにフェリシアの肩を叩いた。

かつてはフェリシアの方がずっと身長が低かったが、今では同じくらいになっている。

フェリシアは伸びた長い蜂蜜色の髪を恥ずかしそうに弄る。

「そ、そうか？」

「ええ。……かつてのあなたは知識は欲するも、知識の取り方を知らない、それどころか飛び立つことすらできない雛鳥だった。だから私はあなたに必要な知識を与えた。そして大きく育った。次に私は知識の取り方と、飛び方を教えた。そして……それが実ったことは、このレポートを読めば分かるわ」

マーリンは柔らかい笑みを浮かべた。フェリシアの金色の瞳が潤み始める。

「し、師匠……」

「もう、巣立ちの時ね。あなたはもう、自分の翼で飛び立っていける。私ができることは、何も……」

「じじょぉー‼」

堪らず、フェリシアはマーリンに抱き着いた。

涙と鼻水でぐちゃぐちゃになった顔をマーリンの胸元に押し付ける。

「ちょ、ちょっと……離れなさい、どこ、触ってんのよ！」

「師匠、師匠、師匠……痛い！　ぐすぅ、酷い」

杖で殴られたフェリシアは頭を抱える。

そしてハンカチで顔を拭ってから、笑みを浮かべる。

「師匠は、恩人だ……本当に、ありがとう」

「ふ、ふん……この恩は、将来、百倍にして返しなさいよ！」

頬を赤くして顔を背けるマーリン。フェリシアは涙を拭ってから尋ねる。

「しかし、師匠。実際のところ、私はまだ何をするべきかも決まってないぞ？」

「そうね……ようやく飛べるようになった鳥に好きに飛んでいけというのも酷だし、もしやることが見つからないなら、ロンディニア魔法学園に行きなさい」

ロンディニア魔法学園は「恋愛ゲーム」の舞台となる場所だ。貴族であるフェリシアは本来はこの学園に入学することになっていた……もちろん、今はお金がないので諦めていたが。

「でも、師匠は魔法学園は〝猿のお遊戯会〟って酷評してなかったか？」

「それでも学べることがないわけじゃない。私もあそこの卒業生だしね。推薦状は書いてあげる。あなたの成績なら、奨学金も貰えるでしょう。それに……通いたいんでしょ？　学園に」

「し、師匠……」

フェリシアの視界が涙で霞む。そして……

「師匠!!　ありがとう!!」

「ええい、抱き着くな!!」

　さて……フェリシアが去ってから、マーリンは椅子に凭れ込んだ。

　そして机の上に無造作に置かれていた人工ミスリル――ミスリルの紛い物――を手に取り、小さな声で呟く。

「どうにも、違和感があるのよねぇ……」

※

　さて、入学試験の日。

　受験会場にて、一人の黒髪の女の子が青白い顔をしていた。

（む、難しかった……ゲームだったら、簡単だったのに……）

〟前世の記憶〟を持つ少女、アナベラ・チェルソンである。

　彼女は勉強が不得意だった。暗記するのは嫌いで、かといって頭を使って解くような応用問題は苦手である。

（こうなったら、魔法の実技試験で挽回するしかないわね！）

　一番の評価点を貰えるのは実技試験だ。

　幸いにも転生チートで〟魔法の才能〟と〟莫大な魔力〟を貰っているアナベラは、実技だけは得意だった。

実技試験はまず初歩的な魔法が習得できているかを確認する試験があり、そして最後に自由に好きな魔法を使って試験官にアピールするのだ。

そしてようやくアナベラの番が回ってきた。

「アナベラ・チェルソン」

「はい!!」（よし、ここは派手な大魔法を使って、点数を稼いでやるわ！）

アナベラは手に魔力を籠める。そして空に向かって魔法を解き放った。

巨大な天に上るほどの火柱が出現する。

これには他の受験生も、そして試験官すらもどよめきの声を上げる。

「おおお!!」

「凄い！」

「入学前でこんな威力の魔法を撃てるなんて!!」

大歓声を受けたアナベラは少し恥ずかしくなり、頰を搔いた。

持って生まれた〝転生チート〟を褒められ、どことなくむず痒い気持ちになったからだ。

（あぁーあ、できればマーリンの弟子になりたかったんだけどなぁ……）

内心でアナベラは呟いた。

実のところ……「フェリックス（フェリシア）に財布を盗まれた男性と、その場にいた女の子」はアナベラの父とアナベラである。

当時、二人はアナベラの強い希望により、アルバ王国へ旅行に行っていたのだ。

理由は二つ。

一つは推しキャラの一人、マルカム・アルダーソンがアルバ王国にいると知っていたため、原作開始前にその顔を見てみたいという……そんなファンとしての野次馬的な理由。

もう一つはアルバ王国にいるという〝隠しキャラ〟、魔導師マーリンへ弟子入りを志願するためだった。

幸いにもアナベラは「マーリンが弟子を募集している」「マーリンは気難しいがマカロンが好物なので、マカロンを持っていけば話だけは聞いてくれる」という原作知識を持っていた。

故にマカロンを手に持って森に行き、森の中で「マーリン様、マカロンをあげるので話を聞いてください！」と叫ぶことでマーリンに会うことに成功した。

しかし……

「何の用だ？」

「私を弟子にしてください！」

「……どうして？」

「魔導師になりたいんです！」

「……どうして？」

「魔導師に憧れて！　なるのが夢なんです！　それに……凄い魔法が使えるようになりたいです。あ、あと、私、魔法の才能があるんです！　それに魔力も無限なんですよ！」

「……論外」

マーリンは一言、「論外」とアナベラに言い捨てるとどこかへと去っていってしまった。

結果、アナベラはマカロンを食い逃げされた挙げ句に父親に説教されることになったのだ。

（マルカム君にも会えないし、マカロンは食い逃げされるし、お父様には怒られるし……散々だったわね）

原作知識があるからと言っても、必ずしも上手く行くわけではないということをアナベラは学んだのだった。

（これから〝原作〟が始まるし……いろいろと気を付けないと）

アナベラは気付いていなかった。既に彼女の知る〝原作〟からはかけ離れてしまっていることに。

※

さて、アナベラが試験官たちを驚かせていたところとは別の会場で……〝元悪役令嬢〟であるフェリシアは試験を受けていた。

(ここまでは簡単だったけど、後は魔法の実技試験か……)

筆記試験では良い点が取れたが、フェリシアにとっては当然のことだ。

あのマーリンに師事していたのだ。師匠の顔に泥を塗るわけにはいかない。

もちろん……実技でも。

(最初に見せる初歩的な魔法は、おそらく入学要件を満たしているかどうかを確認するだけ。問題は最後の自由実技。うーん、やっぱり派手なのが良いんだが……考えることはきっと、みんな同じだしな)

そもそも高威力の派手な魔法というのは、実はそこまで難しくないのだ。

それを放てるだけの魔力保有量と放出量があればの話だが。

と、そこでポンとフェリシアは手を打った。

(そうだ。私ばっかり採点されるのは不公平だし、この試験では私がこの学園の教師を

試験してやろう）

ニヤリとフェリシアは笑う。そしてフェリシアの番が来た。

没落貴族として有名なこともあり、視線が集まる。そんな視線を気にせずフェリシアは手に魔力を込める。

小さな火球が出現し、フェリシアはそれを的に向かって放つ。

それは真っ直ぐ、的に向かって突き進み……当たる直前。

パチンッと、フェリシアは指を鳴らした。

すると、的に当たる前に火球は突然、消滅した。

「……終わりですか？」

試験官の問いにフェリシアはニヤリと笑って答えた。

「ああ、終わりだ」

それから先程から実技試験を見守り、無言で採点をしている教師たちの方へ、意味深にウィンクを送った。

※

さて、すべての試験終了後。

教師たちはそれぞれ自分たちの採点結果のすり合わせをしていた。

できる限り、公正な結果とするためだ。

「やはり実技の一番はアナベラ・チェルソンですな！　あれほどの大魔法、そう簡単に使えませんぞ」

「いやー、本当に見事でしたな」

「それに比べて、フェリシア・フローレンス・アルスタシアは……筆記と初歩魔法は優秀でしたがね」

「最後の自由実技……あれは何をやりたかったのやら。初歩的な火球の魔法にもかかわらず、途中で消えてしまうとは」

「期待外れだったたな。まあ、所詮は没落貴族……」

などと、三分の二の教師たちは話していた。だが……

「諸君らの目は、ガラス玉かね？」

馬鹿にするような声が部屋に響いた。

その声を発したのは、年若い男性の教師だ。やや性格が悪そうな顔をしている。

これに対し、ややムッとした表情で中年教師が尋ねる。

「それはどういう意味ですか？　我々は事実を……」

「火球が途中で消滅したのは、意図的なものだ。初歩魔法の火球術はあのような消滅の仕方はしない。……生意気なガキだ」

　年若い男性教師は腹立たしそうに呟いた。彼はフェリシアが〝試験〟を教師に対して課したことに気付いていたのだ。

「ヒヒヒ……普通、初歩魔法の火球術が失敗に終わった場合、そもそも火が出ないか……もしくは維持できず、蠟燭の火が消えるようにゆっくりと消える。じゃが……彼女の火は、まるでそんなものがなかったかのように、それも指を鳴らした途端に消えた。つまりあらかじめ魔法式に『消えること』を組み込んでいたということじゃな」

　フードを被った、いかにも毒リンゴを作っていそうな鉤鼻の老婆の教師が薄気味悪く笑った。

　その言葉に教師たちの表情が引き攣った。

　というのも、魔法というのは極めて繊細であり、少しでも魔法式を弄ると「発動しない」のである。

　一般的に魔法の勉強が「丸暗記」なのはそれが理由だ。

　自分で魔法式を組むよりも、あらかじめ完成されている魔法式を丸暗記した方が遥かに効率良く学べる……魔法の本質は学べないが、それは研究者でも目指さない限りは学ぶ必要性は薄い。

　果たしてこの場にいる教師たちのうち、フェリシアと同じことができる人間がどれだけいるのだろうか……

教師たちが沈黙する中、鉤鼻の老婆は温和そうな老人と、眼鏡をかけた神経質そうな中年女性の方を向いた。

「どうされますかな？　校長、副校長」

「そうじゃのぉ……アナベラ・チェルソンの能力も決して悪くはないのじゃが……」

「しかし正しい評価を下さなければならないでしょう」

※

さて、それからしばらく。

フェリシアのもとに合格通知と試験結果が送られてきた。

「魔法実技も含めた全分野で一位か」

そしてフェリシアはニヤリと笑う。

「師匠が言うように、まともな教師もいるみたいだな。楽しみだぜ」

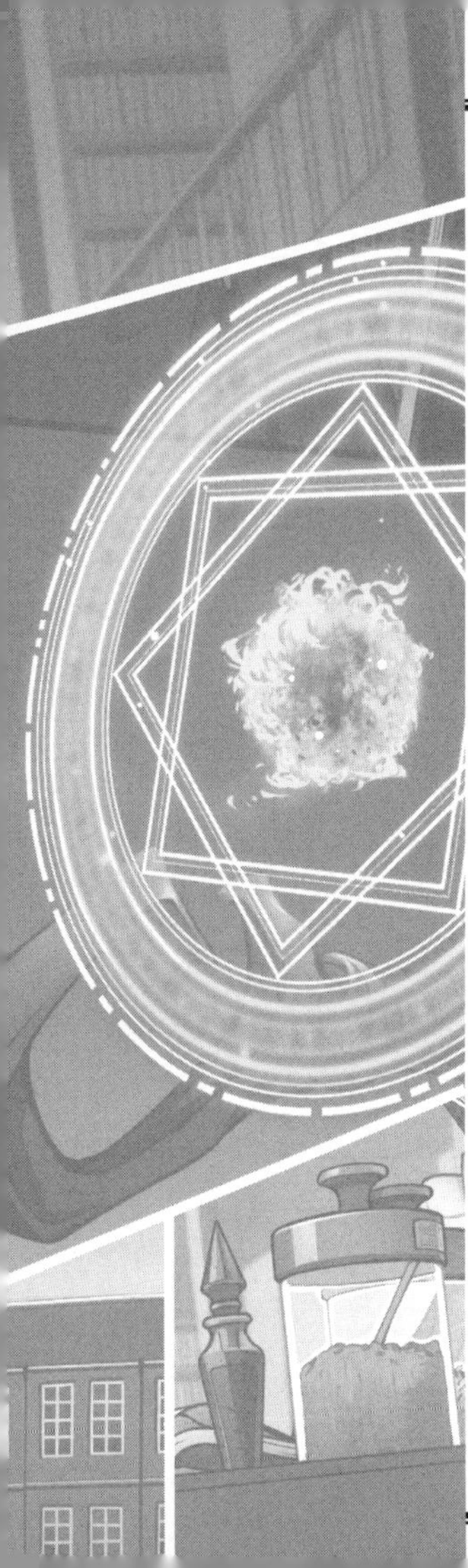

第一章 見習い魔導師は魔法学園に入学する

gensaku kaishimae ni
botsuraku shita
akuyaku reijo ha idai na
madoshi wo kokorozasu

「じゃあ、行ってくる。母さん」

フェリシアは魔改造した制服に身を包み、マーリンから餞別として貰った魔法のローブを纏って、母にそう告げた。

「母さん、体には気を……」

「今まで、ごめんなさい、フェリシア」

フェリシアの母、フローレンス・アルスタシアはフェリシアを抱きしめて涙ぐんだ声でそう言った。

「あなたには随分迷惑を掛けてしまったわ」

「め、迷惑なんて、そんな……」

「良いのよ……分かっているわ。私は、あなたの重荷にしか、ならなかった。母親なのにね……」

そう言うとフローレンスは自分の指に嵌めていた指輪を外す。

「お守りとして受け取って。これはアンガス様に頂いた、婚約指輪なの」

「か、母さん⁉ でも、それは母さんが働いて、やっとのことで質から買い戻した……」

「良いのよ」

そう言ってフェリシアの指に指輪を嵌めた。

フェリシアは自分の指に嵌められた指輪を見て、ギュッと拳を握りしめる。

「母さん……いつか、父さんと一緒に、また、もう一度、暮らそう」

そして目尻に浮かんだ涙を拭いながら、踵を返す。

「じゃあ、行ってくる」

「ええ、行ってらっしゃい！」


「で、お前ら、いつまで隠れてるんだよ」

フェリシアは足を止めて言った。

すると物陰から二人の〝舎弟〟が現れた。

「い、いや……家族水入らずの場を邪魔するのは悪いと思いまして……」

「でも、兄貴の門出を見送らないわけにはいかないので」

「だから、兄貴じゃないって……」

「「姉貴！」」

「……それもちょっと、嫌だな」

フェリシアはため息をつき、美しく輝く黄金の髪を揺らしながら、振り向いた。

二人に対し、快活な笑みを浮かべる。

「でも、見送りに来てくれたのは嬉しいな。母さんを頼んだ」

そう言ってフェリシアは唇に自分の指を当て、自然な仕草で投げキスをした。

二人は顔を真っ赤にさせる。

「じゃあ、また会おう」

フェリシアを見送りながら二人はしみじみと語る。

「兄貴って、やっぱり女の子なんだな」

「……結婚したい」

※

「ついに、ついに学園生活が始まるのね！」

入学式の三日前に魔法学園に到着したアナベラは、喜びに満ちた表情を浮かべていた。

それからすぐに表情を引き締める。

「ついに原作が始まるわ。気を引き締めないと」

アナベラは荷物を手に、女子寮へと向かう。

ロンディニア魔法学園は全寮制で、貴族・平民問わず寮に泊まることを義務付けられる。

基本的には二人部屋で、どのような相手と同室になるかはランダムだ。

……もっとも、原作で誰がどの部屋に割り当てられるかをアナベラは知っている。

「原作通りなら、最初のイベントがここで起こるはず……」

入学前に発生するいくつかのイベントでの選択肢で、主人公の性格や人間関係が決まる。

この主人公の性格や人間関係はパラメーターにも、そして各キャラクターの攻略難易度にも影響する。

そして最初のイベントは女子寮に向かう道中で発生する。

「……なあ、貸せって。大丈夫、盗んだりなんてしないから」

「で、ですが……」

「迷惑なんかじゃないって。それに、私たちは友達だろ？　それに同居人同士、困ったときは助け合わないとな。ほら、寄越せよ」

「い、いや、でも……フェリシア様に、そんな、畏れ多い……」

「遠慮するなよ。別に主従関係なんて、もうないんだし。あと、『様』は付けるなよ。フェリシアで良い。なんたって、友達だからな！」

女子寮に向かう途中の道で、二人の少女が揉めていた。

一人は蜂蜜色の髪と黄金の瞳の、気の強そうな少女。

もう一人は栗色の髪にアーモンド色の瞳の、気の弱そうな少女。

その二人の名前をアナベラは知っていた。

(フェリシア・フローレンス・アルスタシアと、ケイティ・エルドレッドだ!)

一方はチャールズ攻略における最大の敵となる悪役令嬢。

もう一方は主人公の友達兼ライバル兼お助け役になる少女だ。

ゲームの設定によると、ケイティはアルスタシア家の使用人の娘で、そして一時期遊び相手を務めていた……つまり幼馴染(おさななじみ)だ。

彼女は平民だが、この魔法学園は試験にさえ合格すれば(もちろん、学費が払えないなら奨学金(しょうがくきん)を借りる必要があるが)入学できる。

ケイティはそこそこ優秀で真面目なので、奨学金を借りて、学園に入学できた。

魔法学園で優秀な成績を修め、良い職業に就けば貴族・準貴族になれる可能性もあるため、平民にとっては魔法学園入学は憧れだ。

閑話休題(かんわきゅうだい)。

そんな平民の一人であるケイティだが、立場上はフェリシアには逆らえない。

そのためケイティはフェリシアにイビられたり、いじめられたりする。

ゲーム序盤の共通イベントでも、やはりケイティはフェリシアにいじめられる。

ここで選択肢がいくつか出るが、「見過ごすわけにはいかないから声を掛ける」を選ぶと性格が「勇敢」になる。

そしてケイティ及びこの後駆けつけてくるマルカム・アルダーソンからの好感度が上がる。

逆に「怖いから見なかったことにする」を選べば性格が「臆病（おくびょう）」となり、ケイティとの友情フラグはなくなり、一部のキャラからの好感度が下がる。

他にもいくつか選択肢があるが……長くなるので割愛（かつあい）する。

当然、アナベラは「見過ごすわけにはいかないから声を掛ける」を選択するつもりだが……

（あれ？　でも、少しゲームと違うような……）

その違和感の主は悪役令嬢であるフェリシアだ。

原作ではお嬢様口調だが……しかし目の前にいるフェリシアの口調は少し乱暴だ。

加えて髪型もトレードマークの縦ロールではなく、編み込んだ左右の髪を前に垂らした形になっている。

それに原作の立ち絵ではケイティの方が背が低いが……見た限りだと同じか、もしくはフェリシアの方がやや小さく見える。

何より身に纏っている制服が魔改造されている……規律にうるさいとされる「フェリ

シア」ならば、あり得ない姿だ。

（……まあ、私がいろいろしているし、原作と少し違うのは当然か。それにいじめているのは変わらないみたいだし、「見過ごすわけにはいかないから声を掛ける」で良いよね）

そう判断したアナベラは二人に近づいていく。

「何を揉めているんですか？」

二人の視線がアナベラに集まる。

おどおどとした表情を浮かべているケイティに対し、フェリシアは堂々とアナベラの前に進み出た。

「大したことじゃないさ。こいつ、ケイティっていうんだけどさ、さっき転んで、足を怪我（けが）したんだ。で、私と同室だし、荷物を持ってやるって言ってるのに、聞かないんだ」

「ふーん」

アナベラは「はて？　こんな展開だったか？」と思いながらも、おそらくは悪役令嬢の嘘だと判断し、ケイティに向き直る。

「今の話は本当ですか？　ケイティさん。……私で良ければ、相談に乗りますけど」

「おいおい、人聞きが悪いな。まるで私がケイティをいじめているみたいじゃないか。……私たち、友達だよな？」

フェリシアはアナベラを押しのけるようにして、ケイティの肩に手を回した。

するとケイティはふるふると首を左右に振った。

「そ、そんな、友達だなんて……お、畏れ多い……」

「友達じゃないって、彼女は言ってますよ。フェリシアさん」

「こいつは照れ屋なんだよ。……というか、どうして私の名前を知っているんだ？」

フェリシアは首を傾げた。アナベラは内心で「しまった！」と思ったが……

（そう言えば、原作では「名門のアルスタシア家を知らないなんて、これだから田舎貴族は……」って言われるシーンがあったし、別に知っていてもおかしくはないわよね！）

そう思ったアナベラは日本人特有の誤魔化し愛想笑いを浮かべた。

「自己紹介が遅れました。アナベラ・チェルソンといいます。あなたのことは当然、知っていますよ。アルスタシア家と言えば、エングレンド王国有数の名門でしょう？」

よし、誤魔化せた。

と、最初は思ったアナベラだが……空気が妙なことになっていることに気付く。

ケイティは酷く怯えた表情でアナベラとフェリシアの顔を交互に見ている。

そしてフェリシアは……先ほどから浮かべていた笑みが消え、いつの間にか無表情になっていた。鋭い目つき……それはゲームに出てくる「悪役令嬢」の表情だった。

「名門……まあ、確かに名門だったのは間違いないが。にしてもチェルソンか。……もしかして、お前、私に喧嘩を売っているのか？」

「成り上がりの下級貴族が名門アルスタシア家の人間である私に話しかけるなんて、厚かましいにも程があるわ」というのがゲームでのフェリシアの発言。

故にアナベラはフェリシアがそういう意図で言ったと判断し、ゲームでの台詞通りの言葉を口にする。

「私のことを馬鹿にするのは結構ですけど、家族を馬鹿にしないでください！」

アナベラがそう言うと、フェリシアは拍子抜けしたような表情を浮かべた。

「はぁ？　……馬鹿にしてきたのはそっちだろ。何だよ、お前？　当たり屋か何かか？　はぁ……お前と話をしていると、頭が痛くなるな……」

つまり「成り上がり下級貴族と話をしたせいで、体調が悪くなってしまったわぁ」という意味だろう。

ちょっと口調や台詞回しは違うが、やはり原作通り嫌味な「悪役令嬢」だと考えたアナベラは、勇気を振り絞り、一歩前に踏み出た。

「私の家族を馬鹿にしないでください！」

「何の揉め事だよ。入学式の三日前だってのに」

呆れた少年の声が背後から聞こえた。

（キターッ！）

アナベラは内心でガッツポーズをする。

「推し（お）キャラ」の一人、マルカム・アルダーソンの登場だ。

「ん？　……お前、どこかで見たことある顔だな？」

（これも原作通りなのね！）

原作だと、ここで「昔一緒に遊んだ」と選択をすればマルカムとの間に幼馴染フラグが立つ。

一方、「初対面だ」と答えれば、幼馴染フラグは消える。

もちろん、前者の方が攻略はしやすい。

（どうしよう……実際には出会ったことないけど、一緒に遊んだって答えれば、幼馴染ってことになるのかしら？　うーん……）

アナベラが少し迷っていると……

「おお！　マルカムか。久しぶりだな‼　こんなところで会うとは！」

「悪役令嬢」のフェリシアが開口一番にそう言った。これにはアナベラも、マルカムも驚きで目を見開く。

「もしかして……フェリックスか⁉　なんで、この学園に……というか、男のくせにどうしてスカートなんて穿（は）いて……痛い、蹴るなよ！」

「私が女の子だからに決まってるだろ！　鈍（にぶ）すぎるにもほどがある……思ったよりも早い再会だったな」

「お、おう……そ、そうか、女の子だったのか。良かった、俺はノーマルだったんだな……」

コツンと拳をぶつけ合い、再会を喜び合うフェリシアとマルカム。

原作とは全く異なる展開に、アナベラは混乱した。

※

一方マルカムと別れたフェリシアは部屋に荷物を運び終えると、ケイティと共に学校の探検へと出掛けていた。

一方的にフェリシアがケイティに質問をしたり話しかけたりという構図で二人は会話を続けていたのだが、突如ケイティは意を決した様子でフェリシアに話題を振った。

「フェリシア様、その……」

「様は付けなくても良いって言っただろ？」

「す、すみません……えっと、フェリシアさん。今更ですけれど……その、ご無事で何よりです。使用人一同、心配しておりました。……お館様と奥様は、今、どうされていますか？」

「父さんは蒸発しちまったから知らないな。母さんは最近、ようやく針子の仕事を始めたぜ。まあ、下手くそだから私が仕送りをしないと生活できないけどな」

「……え？」

フェリシアの発言はケイティにとっては予想外だった。というのも、魔法学園に入学できたということは、それなりに裕福な、安定した生活を送ることができているとばかり思っていたのだ。

「フェリシアさんが……お金を稼いでいるんですか？」

「まあな」

フェリシアはまるで他人の人生を語るかのような口ぶりで、今までの生活についてケイティに話した。

すると感受性豊かなケイティは、想像以上に悲惨なフェリシアの生活に涙を流してしまった。

「うぅ……そ、そんなに、ご苦労されていたなんて……それを知らずに、私たちはのうのうと……」

「気にするなって。……というか、泣くなよ。私がいじめているみたいだろ」

そうこうしているうちにフェリシアたちは図書館に到着した。

地下二階から五階まであるこの図書館はエングレンド王国では最大のもの。

その広さと蔵書量にはフェリシアも感嘆するしかない。

「フェリシアさん、本が好きなんですか？」

「本が好きなんじゃなくて、研究が好きなんだよ。魔法の研究をするには、最低限の先行研究には当たらないとダメだからな」

魔導師は知識の生産者。しかし知識は無から産まれない。知識は知識から産まれるのだ。

というのがマーリンの教えだった。

「……君たち、静かにしてくれないかな？」

フェリシアがケイティと小声で話していると、不機嫌そうな声が聞こえてきた。

声を発したのは、テーブルに座り、教科書を広げている新一年生だ。

茶髪にやや癖っ毛のある、眼鏡をかけた少年だ。顔立ちは整っている……が、しかしその生真面目そうな表情を直さない限りは、女性からの人気は得られそうにない。

もっとも絵に描いたような〝ガリ勉〟の少年が女性人気を欲しているようには見えないが。

「おっと、ごめんな。……まだ課題、終わっていないのか？」

「そんなわけあるか。予習だ……君もやったらどうだ？」

「教科書は一通り、目は通したけど。どうせ授業でやる内容を、今やるつもりはないな」

「ふん、不真面目だな」

「……」

教科書を開いてすらいないケイティはとてつもない不安に襲われた。

一方フェリシアは随分な「真面目君」だと内心で感心する。マーリンの顔を潰さないように勉学では常にトップを死守するつもりでいるが、思わぬライバルが現れた。

「あっちへ行ってくれ。……僕は教科書を一字一句、丸暗記するつもりなんだ」

「おお、そうかい。迷惑を掛けたな」

フェリシアはケイティを連れて図書館から出て、それから呟く。

「あれはダメだな」

「……ダメ、ですか？」

「暗記は重要だが、教科書の丸暗記は非効率的すぎるぜ。典型的な知識の消費だな」

ライバル出現は杞憂だったと、フェリシアは思い直す。

そして同時に考える。何が彼をそんなに駆り立てているのだろうか？

さて、フェリシアが去った後……

「……くそ、どうして僕が二位なんだ！　あれだけ勉強したのに……誰だ、一位の奴は！」

〝ゲーム〟の攻略対象の一人であり、秀才キャラ。

本来では学年一位となり、生徒代表を務めるはずだった少年……クリストファー・エルキンは悔しそうに吐き捨てた。

アナベラの知らないうちに……原作から大きく変わっていた。

※

さて、入学式の前日。フェリシアは職員室に呼び出されていた。

……もちろん、入学早々に問題を起こしたからではない。入学式で述べる生徒代表の挨拶のためだ。

「あなたの書いた原稿を、私たちが添削したものです。当日はこれを読み上げなさい」

「分かりました、リヴィングストン副校長先生……って、私の書いた爆笑ジョークが削られているじゃないか！」

「……当たり前でしょう」

眼鏡をかけた生真面目そうな中年女性、魔法学園副校長オーガスタ・リヴィングストンはズレた眼鏡をクイッと直しながら答え、そして内心でため息をつく。

（これくらいの年では文法ミスで赤ペン塗れになるのが普通ですが、くだらないジョーク以外では修正点がなかったのは、末恐ろしいですね）

十二歳という年齢で大人顔負けのスピーチ原稿を書いてきたのだ。

さすが、すべての試験で一位を総嘗めにしただけのことはある。

それからリヴィングストンはじっとフェリシアの服装に視線を向ける。

「それと、その服装ですが……」

「お、気付いてくれましたか？」

えへん、とフェリシアは胸を張った。

ロンディニア魔法学園は制服と黒いローブの着用義務がある。

これは貴族も平民も学生の間は平等という建前のもと、同じ服装をするという建前であり、同時に制限でもあるのだが……人間は制限されるほどその制限から逃れようと、あれこれ自由な発想をするものだ。

そのため大抵の貴族の子女は平民と差をつけようと、制服を少し弄って、可愛くする。

平民出身の子も貴族の子を真似して、できる範囲で弄る。

そのため制服を少し弄るのはロンディニア魔法学園では別段珍しいことではなく、フェリシアもまた例外ではない。

スカートは短く折られ、そして所々にフリルやリボンが縫い付けられた制服は可愛らしい容姿のフェリシアにはよく似合っていた。

……だが少し改造しすぎのようにも見えた。

「校則には、常識の範囲内でと書かれていました」

「私的には常識の範囲内だったんですよ、先生」

「……まあ、良いでしょう」

フェリシアの改造はギリギリ目を瞑ることができる程度のものだった。

それに彼女の服装を規制すると他の生徒も規制しなければならなくなる。……それは不公平だ。

（よし、これくらいの自由は認められているみたいだな）

フェリシアは内心で舌を出した。

フェリシアは着替えのために合計三着の制服を買っていたが、改造したのは二着だけ。一着はダメだしされた時のためにそのままにしていた。

実は制服の改造は、学園の校則がどの程度厳しいかを測る試金石だったのだ。

「じゃあ、寮で練習してきます、先生」

フェリシアはそう言うと職員室から立ち去り、自分の部屋へと帰り道を進んだ。

※

「すみません、道案内をしてもらっちゃって」（まさか、本当に迷っちゃうなんて……

これも原作の強制力か……)

一方、アナベラは順調に三日目のイベントを消化していた。

入学式の前日、主人公は学校の探検をするが……道に迷ってしまう。そこである一人の男子生徒に助けてもらうのだ。

「気にすることはないよ。実は僕もまだ、ここには慣れていなくてね」

ニッコリ、と黒髪の少年は微笑(ほほえ)んだ。

身長は同年代の生徒と比べても高く、そして何よりその美貌(びぼう)は飛びぬけていた。

エングレンド王国王太子、チャールズ・テュルダー。

アナベラにとっての大本命だ。

「は、はい……」(あー、カッコよすぎて直視できない……やっぱり本物は別格だわ)

思わずうっとりとしてしまうアナベラだが、しかしアナベラにとってはここからが正念場だ。

なぜなら……

(っ、来た!)

美しい金髪を視界に捕らえたアナベラの体が思わず硬直する。

フェリシア・フローレンス・アルスタシア。これで二度目の登場だ。

チャールズの婚約者であるフェリシアは、アナベラがチャールズと一緒に歩いていることに嫉妬して咎める。

そして選択肢次第では、アナベラはフェリシアから嫌がらせを受けることになるのだ。

「……あれ？」

「ん？　……まさか」

フェリシアとチャールズはお互いの顔を視認すると、揃って足を止めた。

最初に動き出したのはフェリシアだ。快活な笑みを浮かべ、チャールズのところへと駆け寄ってくる。

「まさか、チャールズ王太子殿下か？」

「そういう君はフェリシアか！　入学したとは聞いていたけど……うん、元気そうで何よりだ！　心配していたんだよ！」

アナベラそっちのけで、なぜか再会を喜び合う二人。

あまりにも原作と違う展開にアナベラは困惑するしかない。

「まあ、今はもう婚約者じゃないけど、元婚約者として、幼馴染として、友達として、仲良くしてくれ。王太子殿下」

「ああ、もちろんだとも。あと、僕のことはチャールズで良いよ。この学校では対等だからね」

固い握手を交わす二人。

アナベラはもう、何が起きているのか分からなかった。

ただ……確かなことは一つ。

「悪役令嬢」が原作と大きく変わっている。それはつまり……

(も、もしかして……転生者⁉)

明後日の方向で勘違いをした。

※

「生徒代表挨拶　フェリシア・フローレンス・アルスタシア!」

「はい」

凛とした声が会場に響いた。

制服に身を包んだ可愛らしい容姿の少女が、そのきめ細やかで滑らかな蜂蜜色の髪を揺らしながら絨毯の上を歩く。

堂々と胸を張り、不敵な笑みを浮かべているその姿は……見る者を圧倒した。

黄金に輝く瞳で周囲を見据えながら、強い意志を感じさせる美しい声音でスピーチを行う。

没落貴族と誹っていた者たちも、その姿には目を奪われた。

高貴なる血筋の没落貴族、秀才少女フェリシア・フローレンス・アルスタシア。

その名は学園中に広まった。


……一方、会場には心中穏やかではない者が三人いた。


一人はアナベラ・チェルソン。

（や、やっぱり……転生者なのかしら？　考えてみれば、悪役令嬢への転生の方が多いものね。ど、どうしよう……）

彼女は転生者というアドバンテージを失うことを酷く恐れていたし、また転生悪役令嬢による「原作崩壊」を心配していた。


もう一人はクリストファー・エルキン。

（嘘だろ？　あの金髪不良女が一位？　あんな不真面目なやつに僕が負けるなんて……）

彼は強いショックを受けると共にフェリシアをライバルと見做した。


最後の一人はブリジット・ガスコイン。

気の強そうな青色の瞳に、縦ロールのややくすんだ金髪。

絵に描いたような高飛車お嬢様の彼女は、「恋愛ゲーム」ではフェリシアの取り巻き筆頭となるはずだった存在だ。

（女子の中では、私が一番目立つ存在だったはずなのに……くぅー、没落貴族のくせに、許せないわ！）

注目を一手に集める旧い友人に、ブリジットは強い嫉妬と憎しみを抱いた。

※

さて、様々な者の思惑が入り交じった入学式の翌日。

ついに初日の授業が始まった。

最初は簡単な魔法薬を作成する実技授業だ。

早々に教室に到着したフェリシアとケイティは一番前の席を確保した。……ケイティは別段、真面目というわけではないので後ろの席が良かったのだが、フェリシアが躊躇なく前の席に座ったことで、後ろに行きたいとは言い出せなかった。

「私、錬金術苦手なんです……」

「そうなのか？　私は師匠が錬金術師だから、ちょっと自信あるぜ。分からないことがあったら、聞いてくれ」

「は、はい！」

自分よりもずっと貧しい生活をしていたのに勉強ができるなんて、凄いなぁとケイティは増々フェリシアへの敬愛の念を高めた。

一方……フェリシアは周囲を見渡してから、小声でケイティに尋ねる。

「なあ、ケイティ」

「な、なんですか？　フェリシア様……さん」

「私って、もしかして平均より背が低いのか？」

元々フェリシアは年の割には背が高い方だった。

実際、八歳の時まではフェリシアとケイティではフェリシアの方が高かった。

しかし今はケイティと同じか、僅かに低いくらいだ。

「え、えっと……そのぉ……は、はい」

「……そうか、やっぱり、そうか」

もしかして自分は発育不良なのでは？　とフェリシアは常日頃から疑っていた。

今回、学園に来て自分と同年代の少女たちと見比べ、確信に至った。

（やっぱり食事と睡眠不足が悪かったか……）

フェリシアは常時空腹でお腹を摩りながら、夜遅くまでマーリンに課せられた課題を熟(こな)すという生活を送っていた。

　発育があまり良くないのは、仕方がないことだ。

　フェリシアは自分の平坦な胸を見下ろしてため息をつく。

「……隣、良いかな？」

「ん？　別に構わないぜ……って、お前は図書館にいた『真面目君』か」

「僕にはクリストファー・エルキンという名前がある」

　ムスッとした表情でクリストファーは言った。確かに『真面目君』呼びは失礼だったと、フェリシアは少し反省する。

「おお、すまないな、エルキン。私は……」

「フェリシア・フローレンス・アルスタシアだろう？　……お前には負けない」

「お、おう……」（何だ、こいつ？）

　急に宣戦布告(せんせんふこく)されたフェリシアは内心で首を傾げた。

　まさか、そこまでライバル心を抱かれているとは思ってもいなかった。

※

「さて、君たちには抜き打ちでテストをしてもらいます。入学前の課題で出した、傷薬(きずぐすり)

ですよ」

の作り方です。……合格で弛み、予習・復習をサボっていなければ、簡単にできるはず

中年の教師はそう言ってから、フェリシアの方を見る。

「フェリシア・フローレンス・アルスタシア君。入試一位の君には期待しています」

「そいつはどうも。ご期待に沿えるように頑張ります、先生」

中年教師は鼻を鳴らすと、生徒一人一人に材料となる薬草が入った袋を渡す。

そして砂時計をひっくり返し、試験の始まりを宣言した。

三分の二程度の生徒たちは袋を開けるとすぐに薬の調合を始めた。

……が、しかし一部の生徒たちは袋を開けてから、手を止めてしまった。

予習をサボっていたことがはっきりと分かる。

そして……その中にはフェリシアもいた。

（くくく……お前の袋には、必要不可欠な薬草を入れず、見た目が似ている全く異なる薬草を入れておいた。さあ、魔導師マーリンの弟子は調合できるかな？）

彼は入学試験の時、フェリシアの火の玉魔法を見抜けなかった一人である。

彼は教師を試すような真似をしたフェリシアに恥を掻かせ、その高い鼻をへし折ってやろうと考えていた。

（マーリンのやつめ、この私を馬鹿にしやがって……）

そして彼はマーリンに対し、強い私怨を抱いていた。

というのも彼には、かつてマーリンのもとに自分の論文を持って行き、師事したいと願うもその時に論文を酷評され、冷たくあしらわれたという過去があった。

自分が認められなかったのに、フェリシアは認められた。

そのことを逆恨みし、フェリシアで憂さを晴らそうとしたのだ。

さて、そのフェリシアはしばらく考え込んだ様子を見せてから、薬品の調合を始めた。

中年教師は鼻を鳴らす。

（ふん、適当な調合を始めたか）

それからしばらくの時間が経過し、最初に傷薬を完成させたのはクリストファーで、それからしばらくしてチャールズが完成させた。

フェリシアとケイティは半ばほどになって提出し、アナベラはギリギリになって、マルカムは結局完成させられなかった。

試験終了後、中年教師は出来た傷薬を教卓に並べ、品評を始める。

「ふむふむ、クリストファー・エルキン君。君の傷薬は素晴らしい。教科書通り、文句の付け所のない出来です」

「ありがとうございます、ちゃんと予習をしっかりやりましたので」

クリストファーは横目でフェリシアを見てから言った。

勝ったのは僕だ。予習をちゃんとしないから、お前は負けたんだ。

言外にそう言うが……フェリシアはクリストファーのそんな視線に気付かなかった。

無視されたクリストファーは下唇を噛む。

「チャールズ様も素晴らしい出来です。おや……フェリシア君。君のは少し教科書とは違いますね」

明らかに他と色が違う……失敗している傷薬を見て、わざとらしく驚いたふりをしながら中年教師は言った。

同時に周囲から失笑が漏れる。……没落貴族のフェリシアが優秀な成績で入学したことに対し、負の感情を抱いている者は決して少なくない。

「提出するのも遅かったようですが、どうしましたか？」

「いやー、意外に難しかったんですよ、先生」

フェリシアは特に落ち込んだ様子もなく、快活な笑みを浮かべて答える。

ニヤリ、と中年教師は笑みを浮かべた。

「ふむ、分かりましたか？　皆さん。……入試一位の天才少女も、予習復習を怠ると、このように……」

失敗する、と言おうとした中年教師にフェリシアは言葉を重ねた。

「でも、傷薬にはなっているから、問題はないはずだ」

「嘘は良くないですよ、フェリシア君。失敗は認めないと……」

「なら、試してみれば良いでしょう？　ナイフを貸してくださいよ。私の手で試します」

「……まあ、良いでしょう」（馬鹿め、失敗した魔法薬の危険性も知らないのか）

失敗した傷薬は非常に危険だ。

皮膚（ひふ）に塗ればたちまち水膨（みずぶく）れや蕁麻疹（じんましん）が出るし、時には死を招くことがある。

もっとも……生意気な生徒にはいい薬だと、中年教師は許可を出した。

周囲が見守る中、フェリシアはナイフで指先を傷つけ……傷薬を塗った。

「ば、馬鹿な！　失敗した傷薬で傷が治るなど……」

「だから、失敗してないって言っているでしょう？　先生。ちゃんと傷薬になるように調合したんだから」

「そんな馬鹿なことがあるか！　あの薬草で傷薬ができるはず……」

そこまで言いかけて、中年教師は墓穴（ぼけつ）を掘ったことに気付く。

反射的に自分の口を塞ぐ。

一方、フェリシアはそんな中年教師の態度を特に気にすることなく続ける。

「先生の言う通り、教科書通りのやり方では、できませんが……魔法薬なんて、結果が同じなら過程なんてものはどうだって良いでしょう？　それこそ、過程は無数にある。教科書にあるのは、あくまで一番簡単な物だけ……別に材料の種類が違っても、必要な

成分さえ揃っていれば、どうとでもなる」

フェリシアがそう言うと……クリストファーが驚いた様子で立ち上がった。

驚愕に目を見開いている。

「教科書通りじゃないって、君は即席で魔法薬のレシピを作り出したというのか！」

クリストファー以外の生徒たちは息を飲んだ。

それは生徒や教師のレベルを超えた、研究者の領域……それほどまでに高度なことなのだ。

一方フェリシアはきょとんと首を傾げる。

「質や量、コストパフォーマンスを無視すれば、魔法薬の開発なんて、別に難しいことでもないだろ。導き出したい結果と、必要な成分さえ認識していれば、あとはそこに至るまでの式を組み立ててるだけだぜ？」

フェリシアにとって、こういうことはマーリンとの授業で散々叩き込まれたことだ。

つまりできない方がおかしい。そしてフェリシアは放心状態の中年教師に向き直った。

「ところで、先生。袋の中身が他のみんなと、教科書の内容と違ったのは、先生が特別に私を試してくれたんだと思ったのですが……違います？」

フェリシアに話しかけられ、ようやく中年教師は我に返った。

そしてだらだらと冷や汗を流しながら、激しく首を縦に振る。

「そ、その通りです！　そう、君を試したんです！　いやー、さ、さすがですね！　フェリシア君‼」

中年教師がフェリシアを嵌めようとしたこと、そしてフェリシアがそれをあっさりと返り討ちにしたことは、その日のうちに学園中に広まった。

※

フェリシアがその能力を発揮したのは、錬金術だけではなかった。

あらゆる授業でフェリシアは素晴らしい結果をもたらし、同時に教師に対して鋭い質問を飛ばし続けた。時には教師の授業内容、そして教科書の記述にある間違いや矛盾点などを鋭く指摘し、納得するまで食い下がった。

その問いに問題なく答えられたのは、教師の中でもごく一部。

そして「自分で調べろ」と言えば、数日後にはびっしりと書き込まれたレポートを自主的に作り、自分が調べた内容が正しいかどうかの判断を求めてくる。

もちろん、フェリシアが能力を発揮したのは座学や魔法の授業だけではない。

音楽では見事にヴァイオリンを弾き、体育ではその身体能力を見せつけた。

教師泣かせのフェリシア。彼女がそう呼ばれるようになるまで、一月も掛からなかった。

※

「うーん、今日は満月が綺麗だな」

入学から丁度、一か月ほどが経過した日の夜。

フェリシアは一人、女子寮のバルコニーで月を眺めていた。

そんなフェリシアの耳に、バサバサという羽音が聞こえてきた。

一羽のカラスがバルコニーに止まる。

「師匠か？」

「よく分かったわね」

カラスがそう答えた。

もちろん、カラス自身がマーリンではなく……マーリンが使い魔越しにフェリシアに話しかけているのだ。

「どう？　学校生活は」

「総合的には面白いかな？」

「ということは、面白くないところもあるのね」

マーリンの問いにフェリシアは頷いた。

「授業が〝猿のお遊戯会〟だな」

「事前にそのことは伝えたと思うけど？」

「実体験してみると、やっぱり違うなって話だよ」

フェリシアはそう言って肩を竦めた。

「師匠が言った通り、本当に技術だけしか教わらないんだ。根本となる原理に殆ど触れない。……錬金術なんて、一番大事なのは結果を導き出すための式を如何にして組み立てるかなのに、授業ではその式の丸暗記。他の授業も殆ど同じ。教わった芸を繰り返したやつが評価される……まさに〝猿のお遊戯会〟だな」

教えられたことを繰り返すだけなら、猿にだってできる。だがそれは学問とは言わない。

学問で最も重要なのは、真理に到達するための思考プロセスなのだ。

「酷い教師だと、教えたことしか使っちゃいけない、なんて言うんだ。授業内容も教科書の朗読みたいなのが多いし……何のための授業なんだか。あれなら、教科書を一人で読んでた方が合理的だな」

教科書を初めて読んだ時、フェリシアはその教科書には「技術」しか書かれていないことに気付いた。

だからこそ、授業でちゃんとその理論や原理を教えてくれると考えていたのだが……実際はただ教師が教科書を読み上げるだけだった。

場合によっては、わざわざ教科書の内容を難解にして教えるような、〝下手くそ〟までいる始末だ。

「でも考えようによっては、あの授業形式は目的に沿っている。……要するに魔法を人の優劣を量る物差しとして使ってるんだろう？」

実際、魔法学園の卒業生の多くは父親の領地を継ぐか、軍人や官僚になる。

つまり魔法を扱う職には就かないのだ。

魔法を扱うには暗記力はもちろん、一定レベルの思考力や論理力も必要なので、物差しとしてはとても都合が良い。……逆に言えば物差しにさえ、なればいい。

「酷評する割には……総合的には、面白いのね」

「まともな教師も……質問に答えてくれたり、レポートに目を通してくれたりする人も中にはいるからな。それに私が好き放題にやっても、それほど咎められない。〝猿のお遊戯会〟を強制されたりはしないし、自由にやれるから、それほど不満はないかな。つまり、学びたければ自分で学べって方針なんだろう？　なら師匠の教えの通りに、自分で勉強すれば良いだけさ」

「教えた甲斐があったというものだわ」

マーリンがフェリシアに「餌の取り方」を丁寧に教えたのは、魔法学園での授業を見越してのことだった。

授業が物足りないなら、自分で調べて学習すれば良い。

そもそも魔導師は知識の生産者であって、消費者ではないのだ。人の教えに頼っているようではいつまで経っても魔導師になれない。

「つまらない授業は寝るか、読書をして過ごすことにした。幸いにも課題や試験は、教科書の通り、しか出ないしな」

成績では授業態度は考慮されない。

これはフェリシアにとって、幸いなことだった。

「本はたくさんあるし、食事も美味しいし、古い友人とも会えたし、何だかんだで楽しいな！　……こんな生活が送れるなんて、夢にも思わなかった。これも全部、師匠のおかげだ！」

「そ、そう……それは結構なことだわ。百倍にして返しなさい」

「おう！」

フェリシアは快活に笑った。

それからフェリシアは少し真剣な表情でマーリンに尋ねる。

「ところで、師匠の最終課題、難しすぎるんだが……」

「何のことかしら？」

「惚けなくても良いぜ？　これを解析しろって意図で、くれたんだろ？」

フェリシアが身に纏っているのは、マーリンが入学祝いとして与えた魔法のローブだ。

この黒いローブは何の柄もなく、お世辞にも可愛くない。

だからマーリンは「気に入らないならば、好きに改造しても良い」と言った。

故にフェリシアは可愛い刺繍の一つ二つ付け足そうと針を手に取ったのだが……

しかしできなかった。というのも、このローブには極めて複雑な魔法が掛けられていたからである。

大きさは自在に変化し、体温調整も思いのまま。

非常に丈夫で、あらゆる衝撃や熱、水をも防ぎきる防具としても機能する。

そして何よりも優れているのは、ローブの内側に無数の〝空間〟が折り込まれていることだ。

フェリシアの体をすっぽりと包む程度の大きさにもかかわらず、このローブは巨大な倉庫と同じ程度の物を収納することができる。

加えてその空間には状態保存の魔法が掛けられているので、食べ物を入れても腐らない。

針を通そうにも傷がつかないため、通せない。

かと言って一時的に魔法を無効化しようにも、フェリシアでは見当もつかないほどの〝プロテクト〟が掛かっている。

「何なんだよ、このローブ。現代の魔法技術じゃ……絶対に作れないだろ」

「当たり前じゃない。それは**本物の魔法**だもの」

「……本物？」

フェリシアは首を傾げた。一方でカラスからは小さく鼻で笑ったような声が聞こえた。

「つまりそれは**魔法のローブ**ということよ」

「……つまりどういうことだ？」

「あなたの知っている魔法よりも、より深い**魔法**。世界の構造と真理の探究者。宇宙の根源と終末を観測し、万物を紐解く賢者。……魔導師でなければ扱えない**魔法**」

「……意味が分からないな。もっと分かりやすく言ってくれ」

「当たり前じゃない。はぐらかしているもの。でも、口で言っても分からないわ。こればかりは自分で辿り着かないと意味がない。よーく、考えなさい。夏休みまでの宿題にするわ」

そう言うとカラスは飛び去ってしまった。フェリシアは思わずため息をつく。

「まだまだ、先は長そうだ……」

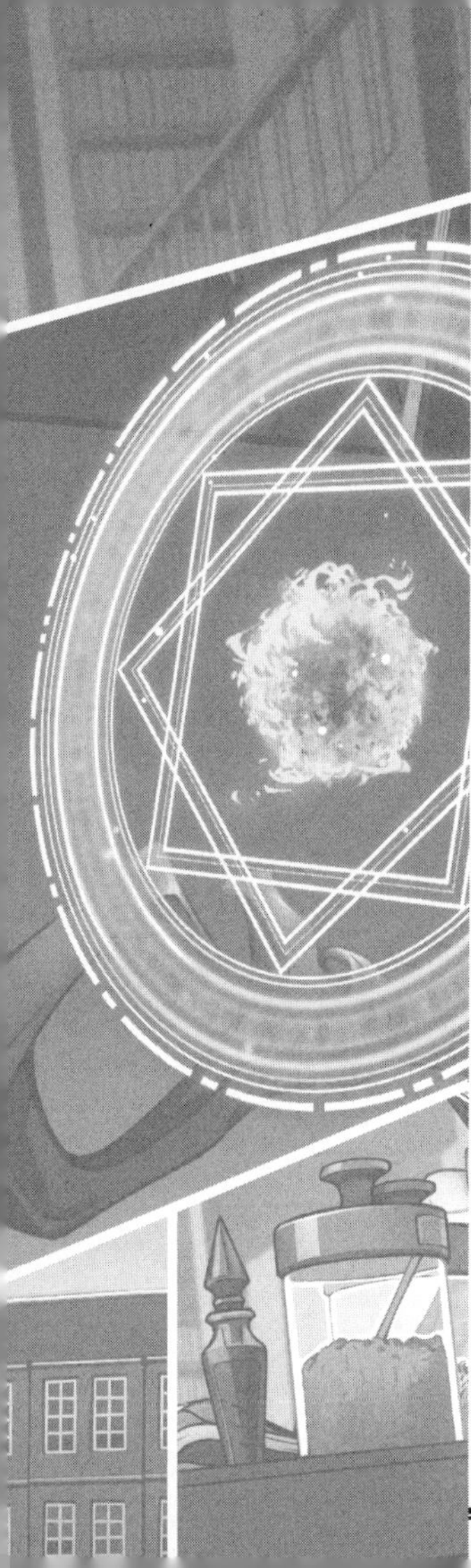

第二章

貧乏令嬢は学園生活を満喫する

gensaku kaishimae ni
botsuraku shita
akuyaku reijo ha idai na
madoshi wo kokorozasu

さて、五月。

入学から一月が経ち、生徒たちが授業に慣れた頃。

新入生の歓迎会を兼ねたダンスパーティーが開かれることになった。

このダンスパーティーでは踊った相手との好感度が大きく上がるため、ゲーム的には非常に重要だ。

しかし……このパーティーを楽しみにしていたはずのアナベラは、心ここにあらずという様子だった。

(間違いないわ……あの悪役令嬢は、きっと転生者よ!)

アナベラはフェリシアの情報を集めるため、マルカムとの仲を深めた。

それなりに仲良くなり、今では男友達程度の関係まで進めることができたと、少なくともアナベラは思っている。

おかげでフェリシアとマルカムとの出会いも、ある程度、知ることができた。

(だ、大体、悪役令嬢が喧嘩なんて、あり得ないもの! ……前世は不良とか、ヤンキーとか、そういう人種だったのかしらね?)

なお、アナベラはフェリシアが、つまりアルスタシア家が没落したことには全く気付いていなかった。

アルスタシア家が没落した事実をアナベラが知らないのは、誰もがアナベラの前で、というよりはチェルソン家の前でアルスタシア家の話をするのを避けたからだ。

チェルソン家のせいでアルスタシア家は没落した……と非難する意図はないにせよ、あまり気分の良い話にはならないからである。

アナベラの父であるチェルソン卿もわざわざアルスタシア家の話を家庭ではしない。気分の良い話ではなく、また言わずとも知っているだろうと思い込んでいたからだ。

そしてこれは学園でも同様だ。

アルスタシア家が没落したことは、貴族たちの間では常識だ。

常識であるが故に、口に出さずとも伝わる。

そして意地が悪い者たちも、大っぴらにフェリシアを「没落貴族」などと口にしたりはしない。……もちろん、陰口は叩くが。

そのため、アルスタシア家が没落した、という常識をアナベラが知ることができる機会は案外少ない。

またマルカムがアナベラにもたらした情報にも、一部偏りがあった。

マルカムは貴族になったばかりで貴族の常識に疎く、アルスタシア家が没落した事実は知らず――もちろん、フェリシアの境遇から察しはしているが――、少し前までフェリシアが窃盗・物乞い・靴磨き・ゴミ漁りで生活していた事実しか知らない。

そしていくら気が利かず、鈍いマルカムであっても、その事実が不名誉であることは分かる。

だからそのことは省き、「アルバ王国の街で出会った喧嘩友達」程度の話しかアナベラにしなかったのだ。

故にアナベラは、「フェリシアは転生者でゲームの情報を知っている。だからマルカムとの幼馴染フラグを立てるために、わざわざアルバ王国に行き、喧嘩をしてきたのだろう」と結論付けた。

すでにチャールズと婚約破棄済みなのも、転生者ならば説明がつく。

（婚約破棄からの断罪イベントを避けるためには、そもそも最初から婚約しないか、もしくは事前に婚約破棄してしまう……うん、確かにその手はありだわ。というか、悪役令嬢モノでよく読んだし）

とはいえ、フェリシアが転生者であるということは、アナベラにとって決して悪い話ではない。

もし仲良くできれば、同じ秘密を共有する友人という得難い存在になってくれるはずだ。

（きっと、彼女は私を敵視しているわ。私も転生者であることを明かして、話し合わないと！）

そう決意するのと同時に、アナベラはドレスに着替え終わった。

「よし、出陣！」

アナベラはパーティー会場へ入ると、パーティーが始まる前に本題の件を済ませてしまおうと、会場でフェリシアを捜した。

が、しかしフェリシアを見つけることはできなかった。

代わりに会場で不安そうに辺りをキョロキョロと見回している、ケイティを見つけることはできた。

（よし、将を射るならまず馬を云々って言うわよね！）

アナベラはそう思い、ケイティの方へと向かった。

ケイティはお助けキャラということもあり、仲良くなっておくに越したことはない。

それにアナベラはゲームにおけるケイティのキャラには少しだけ好感を抱いていたので、純粋に友達になりたいという気持ちもあった。

ところがケイティは常に悪役令嬢であるフェリシアの側に、まるで金魚のフンのようについて回っていた。

そのせいでアナベラは中々、ケイティに話しかけられなかったのだ。

「ごきげんよう、ケイティさん」

「へ？　あ、はい……えっと、チェルソンさんですよね」

一方、唐突に話しかけられたケイティは少し混乱していた。

アナベラがケイティに対して好印象を抱いているのに対し、ケイティはアナベラにそれほど良い印象は持っていなかった。

まず初対面の印象は「変な人」。

加えてアルスタシア家の屋敷はケイティの両親の勤め先で、アルスタシア家が没落したことでケイティとその家族は少なからず経済的に困窮した。幸いにも、転職はすぐにできたが。

そして……何より、フェリシアが悲惨な境遇になったのは、ケイティからすれば許し難いことである。

それらの間接的な原因を作ったのは、チェルソン家だ。

「覚えていてくれて嬉しいわ！　ところで……フェリシアさんは？」

「フェリシア様……さんは、まだ着替え中です。私に先に行けとおっしゃられて……」

ケイティは正直、アナベラから逃げ出したかった。

しかしパーティー会場に来る前にフェリシアから言われた言葉、「別に嫌なわけじゃないんだけどさ。私の側にずっと、金魚のフンみたいについているのは、お前にとって良くないぞ？」を思い出し、自分を奮い立たせた。

「へぇ……フェリシアさんって、とても頭が良いわよね！　凄いなぁーって、私、思っちゃうわ」

アナベラはとりあえず、フェリシアを褒めるところから始めた。

これは決して嘘ではなく、ある程度は本心である。

(……転生特典で、何を貰ったのかしら？　それとも、私の知らない裏技が？)

若干の勘違いは孕んでいたが。

「ええ、そうです。フェリシアさんは、凄い人なんです。昔は……まあ、ちょっと意地悪なところもありましたけど、今は優しくて、頼りがいがあって、カッコよくて、綺麗で、頭も良くて、強くて……何より、名門中の名門、アルスタシア家の血筋を引くお方なんです！」

「え、ええ……そうね」

フェリシアの自慢を始めたケイティに対し、アナベラは若干引いていた。

もしかしたら、そういう趣味なんじゃないかと、勘繰ってしまう。

「だから……本当は、もっと幸せな人生を送るはずだったんです。それなのに、本当に、お可哀想で……」

「……？」

ケイティはケイティなりに、大敵であるチェルソン家のアナベラに牽制球を投げたつもりだった。

しかしアナベラはケイティの予想よりもアホだったため、その牽制球の意味は伝わらなかった。

お互い、微妙な空気になっているところで……騒めきが起こった。

二人は揃って、その騒ぎの方へと視線を向けた。

そこにいたのは……話題の人物、フェリシアだった。

※

一方、着替えを終えてパーティー会場に入ったフェリシアは堂々と胸を張りながら、しかし内心では少しだけ安堵していた。

フェリシアは真紅の美しいドレスを身に纏っていた。

肩の部分が露出している、やや大人っぽいデザインだ。

美しい金髪はシニヨンのように結い上げ、うなじを見せている。

普段は改造制服もあり可愛らしい印象を受けるフェリシアだが、ドレスと髪型の効果が、一段と美しく、大人っぽく見せていた。

（とりあえず、変じゃないようで安心したぜ）

（これで胸がもう少しあれば、完璧だが……贅沢は言わないぜ。何しろ、中古品だからな）

　実はこのダンスパーティーはフェリシアにとっては中々の鬼門だった。

　というのも奨学金（しょうがくきん）頼りのフェリシアはドレスを買うようなお金を持っていないからだ。

　そこで中古のドレスを購入し、最近の流行に合わせて縫い直したのだ。

「フェリシアさん！」

　パーティーが始まるまで少し時間を潰そうと辺りを歩き回っていると……ケイティがフェリシアのもとへ駆け寄ってきた。

「おお、ケイティ。お前、今、チェルソンと話している途中じゃなかったのか？」

「……良いんです。丁度、話は終わったので」

「そうか？　まあ、良いや。料理を取りに行こう」

　実際のところ、フェリシアは色気より食い気の人間だ。

　料理を使用人によそってもらったフェリシアは、適当なテーブルを見つけ、料理を口に運ぶ。

　フェリシアの体は、八歳以前に仕込まれた立食形式を含むあらゆる場でのマナーを忘れていなかった。

　さて、そんな風に優雅（ゆうが）に食事をしていると……優雅とは程遠い食べ方をしている人物がフェリシアに近づいてきた。

「馬子（まご）にも衣裳だな」

「はぁ……マルカム。少しでもお前に期待した私が、馬鹿だった。……あと、ネクタイ、曲がっているぞ」

ドレスをまともに褒めることもできない、それどころか衣装の着方までなっていないマルカムにフェリシアは呆れ顔をする。

そして皿をテーブルに置くと、ネクタイに手を伸ばし、丁寧に解き始めた。

フェリシアの細い指が、マルカムの首に触れ……彼が気が付いた時にはネクタイをきれいに結び直されていた。

「ほら、ちゃんとしろ。……ここは裏街じゃないんだぞ。その場所と時には、それに相応しい服装ってものがあるんだ」

「お、おう……」

一方マルカムは顔を少し赤らめ、どぎまぎしながら頷いた。

実は最近、マルカムはフェリシアにドキドキしっぱなしだった。

(本当に女なんだな……あー、目のやり場に困る)

露出したフェリシアの肩に、ちらほらと視線を送りながらマルカムは思った。

さて、そんなことをしているとダンスパーティーが始まった。

フェリシアは食い気派ではあるが、ダンスパーティーに来た以上は踊るつもりだった。

「マルカム、お前、踊れるか?」

「踊れると思うか？」

「だろうな。足を怪我したくないし、やめておこう」

フェリシアは周囲を見る。誰か、適当な人物を探そうかと周囲を見回す。

フェリシアは没落貴族ではあるものの、絶世の美少女だ。そのため踊りたいと望むものは山ほどいたが……

多くの男子たちはフェリシアを遠巻きに見守るだけで、誘いには来なかった。

ある一人の人物がフェリシアのもとに向かって来たからだ。

「フェリシア、そのドレス、とても似合っているよ。情熱的な紅が、君の美しい髪をよく引き立てている」

「あら、お上手ですわね。チャールズ王太子殿下。……おい、マルカム。こうやるんだ、見習え」

「……そんな臭い台詞、言えるかよ」

マルカムはなぜか、モヤモヤとした気持ちを抱いた。

一方チャールズもフェリシアの近くにいたマルカムを見て、なぜか気持ちが少し焦るのを感じていた。

「僕と踊ってくれないかな？　フェリシア」

「おいおい、良いのか？　私より先に、踊らなければいけない相手がいるんじゃないか？」

「元婚約者を差し置いて踊る相手はいないよ」

「そういうことなら……よろしくお願い致しますわ、ジェントルマン。何分、少しブランクがあるんでね」

「任せてくれ」

二人は手を絡め合い、見事な踊りを始めた。

さすがは王太子と言うべきか、チャールズの踊りは見事の一言だった。

しかしフェリシアも数年以上のブランクを感じさせないほど、軽やかにステップを踏んでいる。

元々婚約者同士、度々踊った経験があったから、二人の息はぴったりだった。

視線が美男美女へと、集まった。

「どうかな？　実は練習だけは欠かしてなかったんだが」

一曲踊り終えてから、フェリシアはチャールズに尋ねた。

「見事だったよ。僕がリードされている気分だった。やっぱり、君は上手だね」

「それは良かった。……どうだ？　チャールズ。逃がした魚は大きかったと、思ったか？」

パチッ、とフェリシアはウィンクをして言った。

ドキッと、チャールズの心臓が高鳴り……一瞬だけ「惜しい」と彼は思った。

「はは、冗談だ。楽しかった……また機会があったら、踊ってくれ」

フェリシアはポンと軽くチャールズの胸を叩いてから、ケイティのもとへと戻ろうとし……

そこへアナベラが近づいてきた。

「えっと、フェリシアさん！」

「ん？　どうした、チェルソン。まさか、私と踊りたいのか？　……まあ、どうしてもって言うなら、吝かじゃないが」

「ち、違うわ！　……だ、大事な話があるの。ちょっと、場所を移せない？」

「……まあ、良いけど」

フェリシアはアナベラと共に、人気のない会場の片隅へと向かう。そして到着して早々に、アナベラは開口一番にこう言った。

「『あなた、転生者よね！』」

「……何語だ？」

突如、正体不明の言語を話し始めたアナベラにフェリシアは首を傾げる。

「『だから、転生者でしょ？　大丈夫、私も転生者なの！』」

「エングレンド語で頼む」

「あなたも、私と同じ転生者でしょ？」

「転生？　東方の宗教哲学、『輪廻転生』のことか？」

マーリンとの授業で『輪廻転生』という概念があることは、フェリシアも知っていた。

しかしフェリシアはそういう宗教を信じていない。

「生憎、私はそういう宗教哲学は信じてない。十字教徒なんでな」

「そうじゃなくて……前世の記憶が、あなたにもあるでしょ？『日本』で生まれ育った記憶が！　神様に異世界転生させてもらったんじゃないの？　この、『乙女ゲーム』の世界に！」

「……イセカイ？　オトメゲーム？　……魔術用語か、何かか？」

フェリシアは首を傾げる。

（こいつ、頭大丈夫か？　……ヤクでもやってるのか、それともどこかで頭でも打ったのか、単に妄想癖があるのか……保健室に連れて行った方が良いかな？　それとも、妄想に付き合ってあげた方が良いのか……）

フェリシアはアナベラが何を言っているのか分からず、どう対応するべきかも分からなかった。

が、しかしすぐに納得がいった。

（なるほど、これが『不思議ちゃん』というやつか。もしかして、私と友達になりたいのか？　でも素直に言いだせないから、変な言いがかりをつけてきたり、よく分からな

い設定を言いだしたり……なるほど、要するにケイティと同じだ。それにチェルソン家とアルスタシア家には確執があるもんな）

勝手に一人で納得したフェリシアは満面の笑みを浮かべ、親指を前へと突き出した。

「よし、分かった！」

「ほ、本当！」

「ああ、友達になってやる。アナベラ！　……だから安心しろ。そんな変な作り話は、私たちの友情の間には不要だ。あと、私はフェリシアで良い。敬語も不要だ！」

「い、いや、作り話じゃ……」

もしかして本当に転生者ではないのでは？　と、少し焦り始めるアナベラ。

と、そんなカオスな空間を、さらに混乱へと陥れる人物が現れた。

「アナベラ・チェルソンさん。やめた方が良いですわよ？　そこの小汚い盗人と友達になるのは。大切なものを、盗まれてしまいますわよ？」

くすんだ金髪に派手なドレスを着た女の子。

ブリジット・ガスコインは取り巻きを引き連れながら、そう言った

※

「よぉ、ブリジット。ようやく私と話をしてくれる気になったと思ったら、盗賊扱いか？　冗談キツイな」

フェリシアはブリジットの罵倒を特に気にした様子もなく、ウィンクをしてそう言った。

フェリシアとブリジットは旧友だ。

と言っても、アルスタシア家が没落する前に何度か一緒に遊んだ程度なのだが。

とはいえ、知り合いなのは確かで、フェリシアは何度もブリジットに話しかけていたのだが……

冷たくあしらわれていた。

(随分と嫌われちまったようだなぁー。別にこいつに嫌がらせをするような真似をした覚えはないんだが)

冷たくあしらわれた時点で、ブリジットが自分のことを嫌っていることをフェリシアは察していた。

一方ブリジットはやはりフェリシアを完全に無視し、アナベラに話しかける。

「この犯罪者とは関わらない方が良いですわ」

「……犯罪者？」

「アルスタシア家が数々の不法行為を行っていたことは有名でしょう？　それが理由で、

取り潰しになったんですもの」

アルスタシア家が経済的に没落した原因は人工ミスリルの発明だが、政治的に没落したのは不法行為が明るみに出たからである。

とはいえ、経済的な力が衰えなければ全く問題にされなかったことから分かる通り、その不法行為は実際にはそれほど重い罪ではない。

真っ黒ではなく、グレーの範囲内、推定無罪の原則が働く程度の問題だ。

そしてアルスタシア家だけではなく、どの貴族家も――もちろんブリジットの生家であるガスコイン家も――似たようなことをしている。

にもかかわらず有罪となったのは、完全なでっち上げや、印象操作などが裏工作で行われたためだ。

「我が家は無実だ。あんな一方的な、有罪が前提の裁判なんて無効だ」

「黙ってくれませんこと？　あなたのような貧乏くさい平民とは話していませんの」

「おっと、ようやく私と話す気になったか？」

ニヤリとフェリシアが笑みを浮かべる。ブリジットがフェリシアの呼びかけに応えたのは、これが初めてだ。

ブリジットは一瞬眉を顰めたが……アナベラの方を向き、その手を取った。

「とにかく、チェルソンさん。この盗人はチェルソンさんのお金が目的ですわ。あの手この手で、卑しく無心してくるのは目に見えていますわ」

「え、えっと……どういう、ことですか？　取り潰し？　盗人？」

一方、アナベラは混乱していた。

本来は仲良しの〝悪役令嬢〟とその〝取り巻き〟が険悪な雰囲気になっている……理由は〝悪役令嬢〟が転生者であれば納得できるが、犯罪者やら、取り潰しやら、盗人やらはまるで事情が摑めない。

アナベラの問いにブリジットは大きく唇を弧の形にした。

ようやく、本題に入れるからだ。

「この犯罪者は家が取り潰しになった後、盗みをして生活していたのよ。それに物乞いや、ゴミ漁りも」

「卑しいわねぇ……私なら、舌を嚙み切って死ぬわぁ」

「あのドレスも盗んだ物かしらねぇ？」

ブリジットたちはわざわざ会場に聞こえるように大きな声で言ってから、クスクスと笑った。

気付くと視線がこちらに集まっている。

興味ない振りをして、聞き耳を立てている者もいることだろう。

アナベラは想定外の情報の洪水に一人混乱していたが、馬鹿にされている側のフェリシアは冷静に状況を分析していた。

（まあ、いつかは言われるとは思っていたが、思ったより早かったな）

フェリシアが物乞いやゴミ漁り、そして窃盗で暮らしていたのは事実だ。

それなりに目立てばフェリシアのことを貶めようとする者は現れるだろうし、フェリシアがどのような生活をしていたかは……そう簡単には分からないだろうが、貴族の権力があれば調べられないこともない。

保護者が住んでいる場所や、長期休暇中の帰郷先を学園に書類として提出するのは義務だ。

権力を使えばそれを閲覧できるだろうし、住んでいた場所が分かれば、フェリシアがどのような活動をしていたかを調査するのは難しくはない。

（別に私は悪いことをしたつもりは一切、ないんだけどな）

フェリシアは窃盗を含めて、悪事を働いたという自覚はこれっぽっちもなかった。

盗みをしなければ、今頃フェリシアは親子揃って餓死していた。生きることが罪になるはずがない。

そもそも「所有権」という概念は、自明のものでも自然のものでもなんでもなく、人間が人為的に、意図的に、富を独占するために作り出したというのは学術的には――もちろん、これはマーリンに言わせてみればなのだが――常識だ。

悪いのは富の格差を生み出す社会や、富を搾取する富裕層であり、自分は窃盗を強いられたのだ。

だから自分は何一つ悪くない。むしろ被害者だ。フェリシアちゃん、可哀想。

というのが窃盗を正当化するためのフェリシアなりの理論武装なのだが、それを今ここで説明したところで、ただ犯罪者が自分の犯罪を肯定しているようにしか聞こえないだろう。

（とはいえ、反論しないで言われっぱなしだと、今後この学校に居辛くなる上に……悔しいし、腹が立つからな）

いつかは言われることは分かっていた。ならば、それに対する反論も当然フェリシアは考えてきている。

「おいおい、まるで私が人としてあるまじき行いをしたかのような言い方じゃないか」

フェリシアは大声で言った。

大事なのはブリジットを論破することではなく、周囲に自分が潔白であることを証明することだ。

「あら、自覚がありませんこと？」

「自覚がないもなにも、私はそんなことはしていない。というか、証拠はあるのか？私が悪事をしたっていう、証拠がさ。まさか、誇り高きガスコイン家が、まともな証拠もなく、人を悪人呼ばわりするはずがないよなぁ？」

家名は貴族の誇りであるのと同時に弱点でもある。家名を出して煽れば、貴族は必ずそれに応えなければならない。

家こそが、血筋こそが、貴族を貴族たらしめている所以だからだ。

「もちろんですわ。あなたが住んでいたのは、アルバ王国の、エングレンド王国との国境近くの街、イェルホルムですわよね？」

「ああ、そうだな。確かに私は八歳の頃、その街に移り住んだ」

「なら、話は早いですわ。その街の住民が、証言してくださいましたもの。あなたがゴミ漁りや物乞い、盗みを……」

「住民って、具体的に誰だ？」

フェリシアはブリジットの声を遮るように言った。

さらにブリジットの言葉を待つまでもなく続ける。

「どんな証言だ？　どの程度信頼できる？　そいつらは確かに、『フェリシア・フローレンス・アルスタシア』の名前を出したのか？」

フェリシアがそう尋ねると、ブリジットは黙ってしまった。

内心でフェリシアはほくそ笑む。

（まあ、答えられるわけないな。精々、不良グループの中に『フェリックス』っていう金髪の少年がいた、くらいしか分からないだろうし、その証言も何の信用もできないような、チンピラからしか集められないはずだ）

イエルホルムにはゴキブリ並みに不良が生息していたため、警吏も一般住民も一々不良の顔なんて覚えていない。

一方、不良たちはお互いの顔をそれなりに認識できるが……身分制度があるエングレンド王国では、チンピラの証言に価値はない。

そしてあの街ではフェリシアはあくまでフェリックスという少年だった。

途中から髪を伸ばし、スカートを穿くようになったが、その時にはすでに窃盗からは足を洗っていた。

しばらくの沈黙の後、ブリジットは口を開こうとしたが……

フェリシアは敢えてそれに被せるように、大きな声で言った。

「おいおい、答えられないのか？　まともな証言もないのに、人を悪人みたいに言うとは、失礼な話だ。……ちなみに、私は自分の無実を証明できる。私の師は、あの錬金術師、大魔導師、マーリンだ。私はマーリン様に顔向けできないようなことはしていない！」

ちなみにマーリンはフェリシアが自分の貧しい窮状を訴えると「母親なんて、見捨てちゃえば？」「体でも売れば良いじゃない」などと平気で言うような、倫理観も道徳観も破綻した人間なので、別に盗みの一つ二つでどうこう言ったりしない。

自信満々なフェリシアの自己弁護が効いたのか、フェリシアに集まっていた蔑みや疑念の目は、徐々にブリジットの方へと集まっていた。

ここは裁判所ではないのだから、嘘でも堂々としている側が有利になる。

「おい、さっきから、何で揉めてるんだ？」

と、丁度そこへ騒ぎを聞きつけたマルカムがやってきた。

心配そうな表情を浮かべている。

フェリシアからすれば最高のタイミングだ。

「丁度良いところに来たな、マルカム。お前もイェルホルムの街の出身だよな？　で、私の幼馴染だ」

「ん？　ああ、そうだな」

やや状況が飲み込めていないマルカムは、フェリシアに聞かれるままに頷く。

フェリシアはそんなマルカムに尋ねる。

「マルカムに聞きたい。私は人として恥ずべき行いをしていたか？」

「まさか。フェリシアはあの街では、誰よりも立派だった。フェリシアが悪人なら、あの街の人間は全員、悪人だ」

マルカム自身もイェルホルムの街で不良だった。

だから窃盗などの犯罪行為を、否定するわけがない。

そしてマルカムは昔はともかくとして、今は立派な貴族だ。

「で、ブリジット。マルカムはこう言ってくれているが……エングレンド王国貴族のアルダーソン家の人間の証言が、信用できないか？　それとも、それを覆（くつがえ）せるだけの証拠があるのか？」

「そ、それは……」

しどろもどろになるブリジット。

このような自信のなさそうな、焦った表情の人間の言葉なんて、誰も信用しない。

「私は、フェリシア・フローレンス・アルスタシアは、決して道を踏み外すような真似はしていないし、これからも一切するつもりはない！　私は私自身の誇りにかけて誓うことができる！」

まあ、窃盗をしていないとも、これから二度としないとも言ってないけどな。

心の奥底で、チロッとフェリシアは舌を出した。

「それで、ブリジット。お前は誓えるか？　自分自身の、貴族としての名誉にかけて！」

「……っく」

フェリシアが詰め寄ると、ブリジットは表情を歪めた。

やや発育不良気味のフェリシアが見上げるような形になるが、しかしブリジットはそのあまりの気迫に後退（あとずさ）ってしまう。

この状況下で誓えるなどと言えるはずもなく、かといって逃げるわけにもいかない。

ブリジットの敗北は決定的だった。

進むも退くも、大恥を搔く……

そんなブリジットに対し、フェリシアはニヤリと笑みを浮かべた。

「な～んてな！　あははは」

フェリシアは先ほどまで浮かべていた邪悪な笑みではなく、いつもの快活な、社交的な笑みを浮かべて笑った。

「な、何を……」

急に雰囲気が変わったフェリシアに対し、ブリジットは怯えた表情を浮かべた。

目尻には若干、涙が溜まっている。

「おいおい、そんな泣きそうな顔をするなよ。……誰にだって、間違いはあるぜ。私は人の間違いをいつまでも責めるような真似はしない」

そしてフェリシアはやや強引にブリジットと肩を組んだ。

「仲直りしようぜ？　ブリジット。私の家は確かに没落して貴族としての地位と名誉を失ったが……でも、お前と私との友情は、失われていないはずだ。……私たち、友達だろ？　キャロルも、クラリッサも、そうだよな？」

フェリシアはブリジットの取り巻きとして自分をなじり、そしてブリジットが追い込まれてからは完全に沈黙し、無関係を装おうとしていた二人に笑いかけた。

そして強引に三人の手を取る。

「仲直りしよう……なあ、良いだろう？　昔みたいにさ。私もさ、お前たちに嫌われたりするのは悲しいし、寂しいんだ。お願いだ、頼むよ。よりを戻してくれ」

フェリシアは上目遣いで、懇願するように三人に言った。

先程まで三人を追い込んでいた人物には見えない。

「「「……」」」

三人は顔を見合わせた。

最初はフェリシアがどのような意図で、自分を辱めたような人間に「友達だ」などと言ってきたのか分からなかった。

が、しかしフェリシアの「懇願」を聞いて、ようやく意図を察することができた。

つまりこのあたりで「手打ちにしよう」とフェリシアは言っているのだ。

そして大きく譲歩し、「友情」で有耶無耶にすることで三人の名誉を守ろうとしている。

これに乗らないという選択肢は三人にはなかった。

「え、ええ……分かりましたわ。友達に、戻りましょう。……それと、ごめんなさい」

「私も……申し訳ないことをしてしまいましたわ」

「謝罪致しますわ」

彼女たちは口々にフェリシアに謝った。

フェリシアは嬉しそうに満面の笑みを浮かべる。

「いや、気にするな。それに私も少し、強く言いすぎた。ごめんな？　水に流してくれると嬉しい。あと……友達に戻ってくれて、ありがとう！」

フェリシアはそう言って三人と握手をした。

そして微笑みかけると……三人は顔を赤らめ、視線を逸らした。

「やっぱり……フェリシアさんには、敵いませんわ」

ブリジットはため息交じりに言った。その瞳にはフェリシアへの羨望、尊敬の色が浮かんでいた。

幼い頃、圧倒的なカリスマで自分を引き寄せた存在に勝てるようになった……というのはブリジットのただの思い込みであった。

「ん？　どういうことだ？」

一方、きょとんとフェリシアは首を傾げる。

そんなフェリシアの仕草に、ブリジットの心臓が高鳴る。

「な、何でもありませんわ！」（っく……本当に、憎らしいほど、可愛らしいですわ）

カッコよくて賢くて可愛いなんて反則だと、ブリジットは一人思うのだった。

一方、アナベラは混乱していた。

（ど、どういう、こと？　没落？　窃盗？　ゴミ漁り？　物乞い？　どうして、悪役令嬢が、そんなことに？）

そして自分の行動が遠因となり、アルスタシア家が没落したという事実をアナベラが知ったのは数日後のことだった。

※

ところでエングレンド王国にはラグブライというスポーツがある。

空を飛ぶための羽状の魔導具を身に着け、空を飛びまわりながら、ボールを奪い合い、ゴールに入れるというスポーツだ。

一定の魔法の行使が許可されているため、男女の性差が小さく、また年齢が幼くても、体が小柄でも活躍できる。

魔法が使える貴族の中では大人気のスポーツで、ロンディニア魔法学園にもいくつかチームがあり、校内リーグが開かれることもある。

そして実はフェリシアはこのスポーツの大ファンだった。

「おお‼　逆転勝利だ‼」

キャッキャと大喜びするフェリシア。

フェリシアがいるのはロンディニア魔法学園の敷地内に存在するラグブライの競技場である。

ロンディニア魔法学園には公式・非公式を含めたラグブライのチームがある。

今は新入生への宣伝を兼ねた、公式戦の最中だ。

「いやぁ、やっぱり面白いな！」

「ふぇ、フェリシアさんは……やっぱり、やるんですか？」

「クラブに入るかってことか？　もちろんだ」

右隣に座っていたケイティの問いに、フェリシアは大きく頷いて答えた。

昔は「顔に傷が付いたらどうする！」「淑女がやるようなものじゃない」という両親の意向もあったが、貴族のお嬢様だったのは昔の話。今のフェリシアには関係なかった。

「そ、そうですか……」（マネージャーとか、やろうかな）

ケイティは内心で呟いた。

貴族生まれではないケイティはラグブライよりも、蹴球とかの方が好きだ。

そしてプレイしたいとは欠片も思ったことはない。

「そう言えば……昔からフェリシアさんはラグブライが好きでしたわね」

「おお、そうだ！　というか、お前も好きだったじゃないか。一緒にやらないか？」

と、フェリシアが誘ったのは左隣に座っていた縦ロールの少女。

ブリジットである。

雨降って地固まるとはこのことか、この前の一件から二人の仲は修復した。

……というよりは、そもそもフェリシアが全く気にした素振りを見せず、水に流してしまったために、ブリジットも敵意を持ちようがなくなってしまったから、というのが近いのだが。

「結構ですわ……見るのは好きですが、やりたいとはとても」

「えー、絶対楽しいぞ？」

「嫁入り前の娘として、怪我をするわけにはいきませんから」

澄ました表情で言うブリジットに対し、フェリシアは頰を膨らませた。

「まるで私が、嫁入り前の娘としては失格みたいじゃないか」

「そこまでは言っていませんが……とにかく、わたくしはやりません。ま、まあ……マネージャーとしてなら、考えないことも、ありませんが」

頰を赤らめてブリジットは言った。ラグブライの選手を志望する女子はそう多くはないが、マネージャーを志す女子はそこそこ多い。

特にチャールズのような男子に、タオルを渡したい……などと夢見る女の子はそこそこいる。

「……フェリシアさんのマネージャーは私がやりますから」

「あら？　あなた、ルール分かるの？　分からないわよね？　やっぱり、マネージャーは最低限ルールは分からないとダメですわ」

「こ、これから覚えます！」

そしてフェリシアを挟んで睨み合うブリジットとケイティ。

どうやら二人がタオルを渡したい相手は、共通しているようだった。

一方、フェリシアは不思議そうに首を傾げるが……取り敢えず友人同士の仲が良いのは結構なことだと喜ぶことにした。

※

さて、フェリシアがラグブライを観戦しながらキャッキャとしている頃……アナベラは一人、今後の方針を考えていた。

（とりあえず……私はゲームのシナリオ通りに動きましょう。これからはどこかのラグブライのチームに入るか、それともマネージャーになるか、どのチームにも入らないという選択ができるけど……）

もちろん、これは各キャラクターへの好感度に関わる。

なお、設定上はたくさんのチームがあるということにはなっているが、〝原作〟では都合上、選べるチームは二つだった。

貴族出身の生徒が多い『ノーブル』か、平民出身者の生徒が多い『ライジング』だ。

どちらのチームに所属するのか、選手になるのかマネージャーをやるのかによって各キャラの攻略難易度は変わる。

（確か、悪役令嬢のフェリシアは『ノーブル』のマネージャーになるのよね。……避けた方が無難よね？）

フェリシアに恨まれているかもしれない……と、そう思うと同じチームで顔を合わせるのは少し気まずかった。そしてアナベラは嫌なこと、好きじゃないこと、面倒なことは避けるタイプである。

そしてチームかマネージャーの二択だが……

アナベラはインドア派である。たまに死人が出ると言われるような危険なスポーツを、

（マネージャーにしましょう）

アナベラはしたくなかった。

……しかし三日後。

アナベラは自分の選択を大いに後悔することになる。

「今年のマネージャー志願者は三人か。……まあ、全員採用で良いだろう」

『ライジング』の副キャプテン、四年生、十五歳のアーチボルト・ガーフィールドはそれほど興味もなさそうに言った。

十五歳にしてはガッシリとした体つきをしている美少年だ。と言っても、美しいとか、カッコいいとかよりは、逞しいという印象を受ける。

スポーツマン系の熱血タイプのイケメンだ。日焼けした肌とは対照的な白い歯が印象的だ。

※

来年度にはキャプテンに昇格する彼は、青春のすべてをラグブライに捧げている。

だからマネージャーになどこれっぽっちも興味がない。

ちなみに彼は『恋愛ゲーム』における攻略難易度最難関キャラの一人だ。

というのも、彼にはすでにラグブライという恋人がいるからである。

アナベラにとっては、推しキャラではないにせよ、そこそこ好きなキャラの一人なので、本来ならばテンションが上がるところなのだが……

（え、嘘でしょ？　ケイティはともかくとして、どうしてブリジットがいるの？）

ケイティはマルカムを攻略する上ではライバルとなるキャラだ。

シナリオではマネージャーとしてマルカムと恋を育むことになるケイティが、ライジングのマネージャーを志望する理由は分かる。

が、典型的な貴族であるブリジット・ガスコインがいる理由は全く分からない。

（な、なんか、嫌な予感がする……）

アナベラの背中を冷たい汗が伝う。

「そんなことよりも、キャプテン！　新入部員の選定の方が大事ですよ！　今年は見込みがあるやつが、応募しているらしいじゃないですか‼」

瞳に炎を宿したアーチボルトが、キャプテンに迫る。

ライジングのキャプテンはゲームにおいてはやや影が薄い（というのも今年度で卒業してしまうため）が、有能なリーダーだ。

普段はアーチボルトを抑える役目を負っている。

そこまでラグブライに魂を捧げているわけではない彼はアーチボルトを手で制しながら、アナベラたちを含めたマネージャーたちの方を向く。

「う、うん、そうだね……今日の夕方に選手の選定をするよ。新しいマネージャーの諸君にとっては、初仕事だ。早めに競技場に集まってくれ」

「「はい！」」「……はい」

お願いだから、予想は当たらないでくれ。と、アナベラは天に祈った。

さて夕方。マネージャーとなったアナベラは初仕事ということで、新たなチームメンバーの選定試験を見守ることになった。

飛ぶことすら覚束ない生徒が大勢いるなか……飛びぬけている者が二人ほど、いた。

そのうちの一人はやはりゲームの通り……マルカムだった。

「今年は中々豊作だね、アーチボルト」

「はい！　特に、あのマルカムという少年は良いですね！　あの強烈なシュート、あれならノーブルのやつをぶっ殺せます。前衛で決まりですね！」

「いや、殺しちゃダメだよ……」

ゲームで見た通りの漫才を近くで聞くアナベラ。

もしこれが普通の状況ならば、ゲームのファンとして悶絶するほど嬉しい。

しかし、だ。

「でも、それ以上に……あの金髪の子、良いね」

「ええ！　素晴らしい機動力と速さ、そしてバランス感覚！　投球速度はそれほどではありませんが……中衛として、大活躍してくれますよ！　いやー、素晴らしい！」

「名前はなんだっけ？　えっと……」

「フェリシア・フローレンス・アルスタシア君ですよ」

「ああ……あの有名な。へぇー、彼女がねぇー」

（なんで、あんたがここにいんのよぉぉぉおおおお!!！）

アナベラは頭を抱えた。悪役令嬢がなぜマネージャーではなく、選手としてチームに加わろうとしているのか、アナベラは全く状況が理解できなかった。

アナベラが困惑していると……試験終了のホイッスルが鳴った。

ある者は不安そうに、ある者は自信に溢れた表情で地上に降りてくる。

「最初はこんなんで飛べるか不安だったけど、コツを掴めば意外に簡単だったな」

美しい金髪を束ねたフェリシアは楽しそうに笑って言った。

額に僅かに汗を掻いてはいるが、それほど疲れている様子は見えない。

持ち前の運動神経は健在だった。

「ふぇ、フェリシアさん……！」

「タオルですわ！」

「おう、ありがとう。……でも、二つもいらないな」

フェリシアの前にタオルを突き出し、そして睨み合うケイティとブリジット。

この二人がいる時点で、少し察してはいたが……まさかフェリシアがライジングの選手になるとは、アナベラは少しも予想していなかった。

（ああ、何でライジングに……選手になるにしても、ノーブルでしょ？　ま、まさか、私に復讐するために近づこうとしているんじゃ……）

アナベラの顔が青くなる。そんなアナベラにフェリシアが気付く。

「お、アナベラ！　お前もマネージャーになったんだな！」

「え、ええ」

戸惑った表情を浮かべるアナベラのところへフェリシアは歩み寄っていく。

「これからよろしくな！」

ニッコリと快活にフェリシアは笑った。

アナベラにはその笑みはとても意地悪く見え、フェリシアの言葉も「お前、これから覚悟しておけよ？　徹底的にいじめてやるからな？　五体満足で卒業できると思うなよ？」という脅しに聞こえた。

アナベラの妙な態度にフェリシアがきょとんと不思議そうに首を傾げていると、そこへマルカムがやってきた。

フェリシアと同様、汗で顔や髪が濡れている。

「なあ、俺にもタオルをくれないか？」

「う、うん……、どうぞ。濡らしたタオルよ」

アナベラは手に持っていたタオルをマルカムに手渡した。

「おお、ありがとう。うん、冷たくて気持ちいいな！」

ゲーム通りの台詞を口にするマルカムにアナベラは少しだけ感動しながら、しかしこれからどうしようと悩むのだった。

※

フェリシアがライジングに所属し、一週間が経過した。

「くはぁ……疲れた」

練習終了後、自室に戻るとフェリシアはぐったりとベッドに倒れた。

全身の筋肉が疲弊し、体は鉛のように重く感じる。

「大丈夫ですか？　フェリシアさん」

「あんまし、大丈夫じゃないぜ。アーチボルトのやつ、頭イカれてるんじゃないか？」

フェリシアとマルカムの二人は、徹底的にアーチボルトに扱かれた。

二人とも相当な才能があり、フェリシアに至っては飛行能力だけならば同じチームの上級生に匹敵する能力を持っているのだが……

だからこそ期待され、そしてその分練習は厳しいものになっていた。

特に今日は一段と練習が厳しかった。……アーチボルト曰く、「お客さん扱いはおしまい」である。

これが平常だと知り、フェリシアは少しだけ泣きたくなった。

「全身筋肉痛な上に、あちこちぶつけたから痛いなんてもんじゃない……」

ラグブライにおける飛行では体を安定させるために、全身の筋肉を利用する。

特に腹筋や背筋などの筋肉は酷使される。

加えてバランスを崩せば落下したり、ポールに体をぶつけたりする。

そして運よくそういう事故がなかったとしても、タックル練習は常に行われる。

そういうわけで打撲や擦り傷は当たり前だ。

このあたりが、女子でも活躍できるにもかかわらず、女子選手が少ない原因である。

嫁入り前の体を傷つけるわけにはいかない。

「保健室から、薬を貰ってきましょうか？」

「いや……あそこの薬は効きが弱いし、いいや。私のローブから、魔法薬を出してくれ」

「あ、はい」

フェリシアに言われるままに、ケイティはハンガーに掛けられていたローブの中を漁る。

そして打撲や擦り傷、筋肉疲労に効く魔法薬を取り出す。

「おお、サンキューな。ああ、いててて……」

「良かったら私が塗りましょうか？」

「そうしてくれると助かる」

起き上がるだけでも辛かったので、フェリシアはケイティに薬を塗ってもらうことにした。

痛む体に鞭打って、どうにか服を脱ぎ、下着だけになる。

「で、では……し、失礼します」

なぜか緊張した様子でケイティはフェリシアの白い肌に手を伸ばす。

その白さと美しさと柔らかさに感動を覚え、思わず変な気持ちになりながらも、ケイティは至って真面目な顔で薬を塗っていく。

「あれ？　ここの傷は……こんなの、ありましたっけ？」

ケイティの手が止まる。フェリシアの腕や足の一部に、細い線のような傷痕を見つけたからだ。

鉛筆で線を引いたかのような痕が何本もあった。

「ん？　ああ……それは、あー、昔できた傷なんだ。痕が残っちゃって……普段はクリームで見えないようにしているんだが……水浴びした時に落ちちゃったのかな？　まあ、気にしないでくれ」

「そう、ですか……？」

ケイティは少し気にはなったものの、気にしないでと言われた以上は気にしないことにした。

「ふぅ……大分楽になった。ありがとな」

「いえ、私も楽し……ごほん、フェリシアさんのお役に立てたなら」

「そうか。お夕飯、食べに行こうぜ。お腹空いちゃってさ」

「はい！」

※

夕食後、フェリシアはやはりベッドに横になっていた。

その金色の瞳はとろん、となっている。

「食べたら眠くなってきた……ふぅぁ……課題、やらないとな」

「そうですね」

フェリシアは今すぐにでも寝たい気持ちを抑え、起き上がる。そして課題に着手した。

といっても、魔法学園はそれほど課題そのものは多くはない——代わりに自習が求められるのだが——ので、すぐに終わった。

「よし……ケイティ、どうだ？　聞きたいことはあるか？」

「いえ……少し、自分で頑張ってみます」

「そうか。じゃあ、私は……」

そしてローブに掛けられている魔法式の解析に乗り出す。

フェリシアはハンガーに掛けてあったローブを手に取り、机の上に広げた。

「時間とか空間の操作と、結界魔法を組み合わせているのかな……？」

無数に物を収納できるのは内部の空間が折り重なっているから。

入れたものが保存されるのは内部で時間が停止しているからだ。

フェリシアはそんな予想を立てた。

「でも、何かが……根本的に違う気がする……」

フェリシアはため息をついた。ガシガシと頭を掻く。

「やっぱり、根本的に知識不足だ……調べるしかないか」

そして善は急げだ。

「ケイティ、私、ちょっと図書館に行ってくるわ」

「今からですか？　もう、遅いですけど……」

「門限までには戻る」

「分かりました」

ケイティに一言断ってから、フェリシアは制服を着こみ、いくつも持っている帽子を被った。

そしてローブと筆記用具を鞄に詰め、意気揚々と図書館へと向かった。

※

そしてフェリシアが本を一冊、読み終えた頃。

「何をしているんだ？」

「見ての通り、調べものだぜ。そういうお前こそ……勉強か？　クリストファー・エルキン」

「ああ、そうだ。じゃあ、僕はあっちに……」

「まあまあ、そう言うな。前に座れよ。お互い、邪魔をしなければ良いだろう？」

フェリシアはそう言って自分の前に座るように促した。

時間も遅いため、図書館にはフェリシアとクリストファー以外にはいない。お互い、側にいた方が寂しさは紛れる。

「……そうか」

「さて、これだけ読めば少しは摑めるだろ」

時空間に関わる書籍およそ十冊をテーブルに置き、フェリシアは早速本を読み始めた。

クリストファーも少しは寂しいと思ったのか、素直にフェリシアの前に座った。

さてフェリシアが二冊目を読み終え、そしてノートへ筆記を始めてからのこと。

集中力が切れたのか、クリストファーはフェリシアに話しかけてきた。

「何をしているんだ？」

「次元魔法について調べてるのさ。師匠からの課題があってね」

「師匠……魔導師マーリンか」

「そうそう」

マーリンに師事していた事実はフェリシアにとって隠すべきことではない。

というよりも明らかにした方が良い。

というのも、「マーリンに教わったのならば、あれくらい優秀なのは当然だろう」と
ある程度、周囲からの嫉妬が和らぐからだ。

……たった一人、「どうして私はダメだったのに、悪役令嬢は良かったの？　やっぱり転生者？　何か、裏技を知っているの？」と悶々としている少女がいたが、それはごく一部の例外だ。

「お前は何をしているんだよ。課題が終わってないってことはないだろう？」

「そんなはずないだろ。アルダーソンじゃあるまいし……見ての通り、予習復習だ」

「へぇ、真面目だな。そう言えば……お前、クラブ活動とかはやってないのか？　ラグ

ブライとかさ」

「……幾何学（きかがく）同好会に入っている」

「そんなのあるのか？　へぇ、面白そうだな。今度、見学させてくれよ」

フェリシアがそう言うと、クリストファーは眉を顰めた。怪訝（けげん）そうな表情を浮かべている。

「お前、そんな暇があるのか？」

「どういう意味だ？」

「……ライジングに所属しているんだろう？　今日も、遅くまで練習があったらしいじゃないか。加えて、師匠とやらからの課題もある。もちろん、学業もある」

「その辺は時間のやりくり次第だな。せっかくの青春なんだから、楽しまないと」

フェリシアにとっては一度は諦めかけた学園生活だ。

悔いが残らないように楽しみたいという気持ちがあった。

「……なぜだ？」

するとクリストファーは何とも言えない表情で呟（つぶや）いた。フェリシアは首を傾げる。

「なぜって？」

「どうして……お前はそんなにいろいろ手を出しているのに、常に主席でいられるんだ！　どうして……僕は勝てない⁉」

突然声を荒らげたクリストファーに、フェリシアは少しだけ驚き、目を見開いた。

自分でも感情が高ぶってしまったことを自覚したのか、クリストファーは目を伏せた。

「それを私に聞かれてもな」

「……才能の差だって、言うのか？」

「さぁ……生まれ持った物の差が世の中にあることは否定しないけど。でも効率的な勉強のやり方とか、他にもいろんな要素があるだろう」

フェリシアは自分の優秀な成績は、マーリンのおかげだと思っている。彼女のもとでしっかりとした土台を作ることができたから、どのような科目・課題・試験でも対応できている。

「なら……その効率的なやり方を教えてくれ。どんな本を参照している？」

身を乗り出してくるクリストファー。鬼気迫るものを感じ。思わずフェリシアもたじろぐ。

「お、落ち着けよ。そもそも……どうして私に勝つことに、主席に拘る？」

例えばフェリシアが首席を維持しようとしている理由は、第一にマーリンの顔に泥を塗らないようにするためだ。

第二に単純にフェリシアが負けず嫌いだから。

一応、奨学金関係のためという理由もなくはないが……それは高成績であれば良く、首席であることは必要な条件ではない。

「それは……」

クリストファーはしばらく考え込んだ末に答える。

「僕の夢は、王宮に仕官することだ。そのためには良い成績を取らなければならない。……そして次席よりも首席の方が、通りがいい」

「ふーん……なるほど」

要するにクリストファーも負けず嫌い、ということだ。

フェリシアは納得すると、本を閉じて立ち上がった。

それから読み終えていない本を借りるため、残りの本を持ち上げる。

「明日……私が使った本を紙に書いて、渡すよ。多分図書館にもあるだろうしな。分からないことがあるようなら、聞いてくれても良い」

「良いのか⁉」

てっきり断られる流れだと思っていたクリストファーは驚きの声を上げた。

するとフェリシアは快活な笑みを浮かべた。

「もちろん！　友達の頼みを断るほど、私は薄情（はくじょう）じゃない。主席の座、盗れるものなら盗ってみな」

そしてクリストファーに、ウィンクをした。

女子に耐性のないクリストファーは、そんなフェリシアのあざとい仕草にドキリとしてしまう。

「じゃあ、また明日。……お前と一緒に勉強するのは、そんなに悪くなかった。この時間は多分、大抵ここにいるから、気が向いたらまた付き合ってくれ」

「あ、ああ……」

思わず上擦った声で返事をしてしまう。

するとフェリシアは「ふふ」と小さく、可愛らしい笑みを浮かべた。

その夜、クリストファーは悶々とした夜を過ごすことになるのだった。

※

ライジングの、というよりは、どのチームも練習は朝と放課後の二回行われる。

朝は筋トレや走り込みなどの基礎体力を鍛える練習。

放課後は飛行訓練やタックル練習、競技場が空いていれば試合形式の練習が行われる。

さて、七月の初旬。

フェリシアがライジングに所属してから二か月、気温が高くなり、日差しがキツくなり始めた頃。

「暑いなぁ……」

「全くだ……」

ぐったりとした様子でマルカムとフェリシアは日陰で休んでいた。

今は水分補給の時間だ。

練習中は時折休憩を挟むので、決してオーバーワークになることはない……のだが、フェリシアもマルカムも真夏の練習は初めてだ。

一か月ほどでハードな練習にも慣れてきたはずだが、今は再びついていくのがやっとの状態だ。

先輩たちはフェリシアたちほど疲れている様子はないので、純粋に体力と慣れの問題だろう。

「はぁ……」

服の胸元の生地を摑み、パタパタと風を送るフェリシア。

ちょっとは気休めになる。

胸元が見えてしまうので、女子としてはあまりよろしくない行動だが……スポーツ活動の最中はどうしても警戒が緩む。

それはフェリシアとて、同じだった。

そんなフェリシアの姿をできるだけ視界に収めないようにするマルカム……とはいえ

少し気になるようで、チラチラと視線を送っていた。

「まぁ、暑さは別に良いんだけどさ……それより日差しが気になるな」

「日差し？　……どうして？」

「日焼けしちゃうだろ。私は女子だぞ？　分かっているのか？」

「大して焼けてないだろ」

マルカムはチラリとフェリシアの方へ視線を送る。

汗が僅かに浮かんだ、伸びやかな手足は白く美しいままだ。

「日焼け止めの魔法薬を塗っているからな。でも、ちょっとは焼けてる。……ほら、ちょっとだけ色が変わっているだろ？」

フェリシアはそう言って半袖を腋まで捲った。

なるほど、確かによく見ると少しだけ色の境界ができている。

「お、おお！　そうだな！」

マルカムは少しきょどった声を上げた。

ちょっと思春期の少年には刺激が強すぎたのだ。

「二人とも！　丁度、一緒にいるようだな！」

と、ちょっとした青春をしていた二人のところへ大柄の少年がやってきた。

フェリシアとマルカムは体感で三度くらい気温が上がったような気になり、少しだけゲンナリした。

アーチボルト・ガーフィールドだ。

別に悪い人物ではなく、二人とも彼のことは嫌っていない……が休憩中は一緒にいたくない。

休憩している気になれないからだ。

「二人ともかなり動けるようになったし、そろそろ本格的な試合形式の練習に組み込もうと思うんだが、大丈夫か？」

「それって、拒否権あるのか？」

フェリシアが尋ねると、アーチボルトは首を左右に振った。

「ないな」

アハハハと笑うアーチボルト。

そして笑ってから、尋ねる。

「でも、そもそも拒否するつもりはないだろう？」

「もちろん」

「ようやくって感じかな」

二人ともラグブライがやりたくて入ったのだから、それを拒否する理由はない。

拒否するくらいなら退部すれば良いのだ。

結局、二人はアーチボルトの同類なのだ。

※

「フェリシア、君はタックルが弱いな。自覚はあるか？」

「むむ……まあ、それなりに」

練習後、アーチボルトに指摘されたフェリシアは頷いた。

体重が軽いフェリシアは機動力は高いが、代わりに人とぶつかった時は弱かった。

「どうすれば改善できるんだ？」

「手っ取り早いのは、体重を増やすことだな！　俺のような体型を目指せ！」

「そいつはいろんな意味でムリな相談だな」

フェリシアは肩を竦めた。

女の子をやめたつもりはフェリシアには欠片もなかった。

「ガハハ、冗談だ！」

「おう……本当か？」

半眼になるフェリシア。アーチボルトに体形や体重を気にする女子の気持ちが分かるとは思えなかった。

もし彼が本当にそういう女心が分かっていたら……ライジングのメンバー全員で彼を病院に連行することになっただろう。

「当然だとも！　闇雲に体重を増やしたら、君の持ち味である軽やかな飛行が失われてしまうだろう！」

「あー、なるほど。安心した」

やはりアーチボルトとラグブライの関係は蜜月のようだった。

フェリシアは胸を撫でおろす。

「で、どうすればいいんだ？」

「体重の軽さは速度で補うんだ。タックルの時だけ、高速でぶつかれば良い。ただし……その分危険が伴うし、体力も使う。繰り返し練習をして、ペース配分にも気を配り、飛ぶときも緩急(かんきゅう)をつけろ。常に全力で飛んでいては、いざという時に速度が出ない」

「ほう……意外にまともなアドバイスだ」

「……君は俺のことをなんだと思っているんだ？」

「もちろん、頼りになる先輩だぜ」

※

さて、練習終了後。

フェリシアは競技場で飛行用の魔導具を着け直していた。

「帰らないのか？　フェリシア」

「それはこっちの台詞だぜ、マルカム」

同じく魔導具をつけていたマルカムにフェリシアは返した。

二人とも、考えることは同じようだ。

「お前は何を言われたんだ？」

「飛び方が直線的すぎると言われた。それじゃあ、敵の中衛を突破できないと」

「つまり私とは真逆なわけだ。丁度いいな。……お前はボールを持ってゴールを目指せよ。私はそれを止める」

「よし、分かった。……飛び方、アドバイスもくれよ？」

「お前もぶつかり方を教えてくれ」

……ちなみにそんなやり取りに聞き耳を立てていたアナベラは「なんで悪役令嬢が攻略キャラとスポ根しているのよぉ……」と頭を抱えていたが、二人は知る由もないことだった。

※

さて、一時間後。

二人は練習を切り上げて、部室に戻っていた。

「はあ、汗ビショビショだよ」

「喉渇いたなぁ」

フェリシアは椅子に座り、タオルで汗を拭き始めた。

ユニフォームは汗を吸って肌に吸い付き、うっすらと肌色が透けて見えている。

そこへタオルを突っ込み、汗を拭う。

「個人的にもう少しやっても良かったが……」

マルカムは目のやり場に困りつつ、少し気まずい気持ちを抱きながら、誤魔化すように呟いた。

するとフェリシアが肩を竦める。

「自主練は結構だが、体を休めるのも重要だから、一時間程度にしておけ。と、アーチボルトが言ってたぞ？」

「あの人、狂っている割にはまともなこと言うよな」

「まともって言うか、まあ、試合当日に体を壊されたら許せないってだけな気がするけどな」

フェリシアは自分のバッグを漁りながら言った。

そして水筒（すいとう）を取り出し、グビグビと飲み始める。

「それに私は私でやることがあるからな。どっちも手は抜けないのさ」

「大変だな」

「……いや、お前の方が大変だろ。七月末には期末考査があるんだぞ？」

フェリシアはマルカムの成績がどの程度のものかは知らないが、かなりヤバイということだけは認識している。

「クリストファーが心配してたぞ？　お前、練習から帰ってお夕飯を食べてから、勉強もせずに寝ているんだろ？　授業中もずっと寝てるし……留年するんじゃないかって」

クリストファーとマルカムは実は同室だ。

クリストファーがわざわざ図書館まで来て勉強をしているのは、マルカムを寝かせてやるためなのだ。

もっとも本人は「あいつ、イビキがうるさい」と言っているが……これは照れ隠しだろうとフェリシアは思っている。

「え？　クリストファーが？　……というか、お前とクリストファーって仲が良いのか？」

「夜はたまに、図書館で会うな」

「……そうなのか」

マルカムは若干、もやもやした気持ちを抱いた。

どうしてそんな気持ちを抱くのかマルカムは分からなかったが……とにかく行き場のない気持ちを抱きながら、水筒の蓋を開ける。

しかし……

「あ、ない……」

休憩の時に飲み切ってしまったことを思い出した。

するとフェリシアが自分の水筒を差し出してきた。

「じゃあ、これ飲むか？」

マルカムはフェリシアの顔と水筒を何度も見比べる。

「どうした？　水分補給はちゃんとした方が良いと、我らが副キャプテンも言ってたぞ？」

「いや……ああ、貰うよ」

マルカムは割とやけくそ気味にフェリシアから水筒を受け取り、口を付けた。

それからフェリシアは水を飲むマルカムに言う。

「ちょっと、アッチ向いててくれ」

「ん？　ああ、分かった」

何も考えずにマルカムが後ろを向くと……背後から布が擦れる音がした。

一応更衣室もあるので普段は女子も男子もそれぞれ別々に着替えるが……面倒な時や急いでいる時は、同じ部室で着替えてしまうことも多々ある。

いろいろと問題なのだが、ルール上肉体的接触が多いスポーツなためか、この辺りの感覚は麻痺しやすい。

（……冷静に考えると、凄い状況だな）

その夜、ふと部室での出来事を思い出してしまったマルカムは悶々とした時間を過ごすことになった。

※

七月末。

ラグブライの校内公式試合の日が近づいていた。

ちなみにこれが終わったら楽しい楽しい期末考査が待っている。

「はぁ……」

「大丈夫ですか、フェリシアさん」

「お疲れのようですわね」

一時限目の前。

ぐったりとしているフェリシアにケイティとブリジットは心配そうに言った。

理由を聞かないのは……二人ともすでに承知だからだ。

というのも朝から練習があったのだ。

試合の一週間前ということもあり練習時間はいつもより一時間多く、その分朝早く起きなければならなかった。

またアーチボルトも気が立っていて、練習そのものの密度も上がっていた。

「ちょっと仮眠を取ったらどうかしら？」

「マルカムさんみたいに」

「今寝たら、昼まで起きられない気がするからやめておく。こんなところで寝ても、体は休まらないしな」

フェリシアは首を左右に振った。

そんなやり取りをしていると……フェリシアが座る最前列近くに、クリストファーが座った。

「大丈夫か、フェリシア。このままだと、僕が首席を奪ってしまうぞ？」

「心配は無用だ」

「ふん、どうだかね……そんなんで授業に身が入るのか？　それとも、授業なんて聞かずとも余裕だと？」

挑発するようにクリストファーは言った。

彼なりにフェリシアを案じての発言だが……フェリシアは清々しそうに答える。

「全身、くたくたの状態で授業を受ける経験は、別に今回が初めてじゃない。それに……あの時と違って、今は心地よい疲れ方だからな」

余裕たっぷりという表情でフェリシアが返すと、クリストファーは鼻を鳴らした。

「お前は同室のやつを心配してやってくれ」

「……ふん、あいつのことなど、知ったことか」

クリストファーは机に突っ伏して寝ているマルカムを見て、眉を顰めた。

もっとも、フェリシアは知っている。

クリストファーが後でマルカムにノートを見せてあげているということを。

と、授業開始まで十五分を切ったところで……別の人物が教室に入ってきた。

チャールズだ。

彼もやや疲れた表情を浮かべている。

「これはこれは、チャールズ王太子殿下。随分とお疲れのご様子で」

「負けるわけにはいかないからね」

ニコリと爽やかな笑みをフェリシアに向ける。

元婚約者同士の会話を邪魔してはならないと、ケイティとブリジットは妙な気を利かせてその場から離れた。

「おい、チャールズ。胸元」

「ん？　どうしたんだい？」

「ボタンが取れかけているぞ」

制服のボタンが少し外れかけていた。チャールズは困った様子で頭を掻いた。

「困ったな。気が付かなかった」

「仮にもエングレンド王国の国王となるお方が、一日中、ボタンが取れたお召し物に袖を通しているのはよろしくありませんわ。……貸せよ、チャールズ」

「え？」

「直してやるから、脱ぐんだ。もう授業が始まってしまいますわ。お早く……ふふ、なんてな」

フェリシアは裁縫道具を取り出し、悪戯（いたずら）っぽく笑って言った。

言われるままにチャールズは服を脱ぎ、フェリシアに手渡す。

フェリシアは糸と針を取り出し、手慣れた様子でボタンを縫い始めた。

これにはチャールズも目を見開く。

「裁縫なんてできたんだね……」

「できるというか、できるようになったが正しいな。必要な技術だったし」

貴族には無縁の話だが、平民にとっては裁縫の技術は必須だ。

古くなった衣服を直して着るからだ。

フェリシアの経済事情は平民の中でもかなり下の方なので、裁縫は当然身に付けている。

「……すまない、フェリシア」

「ボタンを直すくらい、どうということはないぜ」

「……そうじゃないんだ」

チャールズは珍しく落ち込んだ表情でフェリシアに言った。

「君を助けられなかった」

「それはお前が謝ることじゃない」

フェリシアはボタンを縫い付けながら淡々と答える。

「八歳児に何かできるはずがない。それにお前が私の人生の責任を負うのは筋違いな話さ。責任は別にある。さて、縫い終わったな」

そう言ってフェリシアはチャールズにシャツを渡した。そして快活に笑う。

「過去じゃなくて、今と未来の話をしよう。例えばボタンを直したりとかな。……これからはよろしく頼むぜ？」

「ああ、分かった。任せてくれ」

……一方、この話し合いに聞き耳を立てていたアナベラは一人、悶(もだ)えていた。

（ここで言う、責任があるのって、絶対に私じゃん！　ど、どうしよう……）

冷や汗が背中を伝うのを感じていた。

※

七月末。フェリシアにとって初めての試合が行われた。

対戦相手はノーブルだ。

練習通り、中衛についたフェリシアはホイッスルが鳴るのをジッと待っていた。

フェリシアが立っているのは『木』から生えている『枝』。

人が丁度立ったり、座ったりできる程度の幅がある。

足には推進力となる魔導具が二つ。

背中には気流に乗るための四枚羽根。

髪は邪魔にならないように一つに束ねている。

服は半袖のユニフォームに短いスカート。

ちなみにスカートの下にはアンダースコートを穿いているので、中は見られても特に問題はない。

「フェリシアさーん‼」

「頑張って‼」

ブリジットとケイティの声が聞こえてきて、フェリシアは嬉しく思うのと同時に少しだけ恥ずかしくなった。

（まあ、練習通りやればいい）

その瞬間、ホイッスルが鳴った。

同時に強風がフィールド全体に吹き始める。

フェリシアは風に逆らわず、押されるままに『枝』から落下。

両足の魔導具に魔力を込め、風を噴射する。

同時に羽を動かし、背中からも風を噴射しながら、気流に乗る。

最初にボールを手にしたのはノーブルだった。

敵の前衛が一直線に前へと攻め込んでくる。

フェリシアは気流に乗りながら大きく宙返りをし、そのまま強風と重力による加速で一直線に敵の前衛へと向かう。

斜め上から強烈な体当たりを加える。

「つく……」

衝撃を軽減する魔力障壁があるとはいえ……その衝撃は少し辛い。

フェリシアの小柄な体には、その衝撃は少し辛い。

が、それは敵も同じこと。

敵はバランスを崩し、羽根からボールを落とす。

フェリシアはそれを手で掴み、三秒以内に二枚の羽根で掴み直す。


「フェリシアさんが取った！」

ケイティが歓声を上げる。

が、しかしブリジットは険しい表情を浮かべる。

「でも、ここからが問題ですわ……」

「え？　どうしてですか？」

「ボールは三秒以上、連続して持ってはいけませんわ。だから二枚羽根で掴んで移動しなくてはなりませんの。でも……そうすると四枚羽根の時よりも速度や機動力はずっと落ちますわ」

「つまり……」

「敵に取られやすくなるのですわ。ほら、見て！　敵が次々にフェリシアさんへ！」

次々と敵がフェリシアからボールを奪おうと、追いかけてくる。

速度では敵の方が上。

しかしフェリシアは体が軽い分、気流には乗りやすい。

木の葉のように舞い、時には『木』や『枝』の周りを回りながら、敵を避け続ける。

味方が自分を信じて、前へと出ているのが分かった。

パスを回したいが……手でボールを持ち直す時間はない。

羽根を使って投げることはできるが、その場合、ボールの速度はどうしても遅くなるので、取られやすくなる。

そして当然、味方の近くでは敵がブロックしている。

（こうなったら……）

フェリシアは大きく宙返りをする。

が、フェリシアの正面目掛けて、フェリシアの二倍はありそうな男子生徒がぶつかった。

フェリシアは大きく弾き飛ばされる。

「ああ‼　フェリシアさん‼　……ボールは？」

「ボールは……マルカムさんが持ってますわ！　凄い‼　敵の体当たりを利用して、加速し、背中を使ってボールを投げたのですわ！　あれは大技よ‼」

「……」（私が転生した世界って、『乙女ゲーム』よね？　なんで、超次元系のスポ根になってるの？　ゲーム、間違えた？）

アナベラの頭にはひたすらクエスチョンが浮かんでいた。

一方、フェリシアが繋いだパスは見事、ライジング前衛へと運ばれ……最後にアーチボルトがボールをゴールへと決めた。

観客席から歓声が上がる。

「やった、やった！」

「さすがフェリシアさんですわ‼」

抱き合って大喜びするケイティとブリジット。

こいつら、いつの間に仲良くなったんだとアナベラは首を傾げた。

その後、流れを摑んだのか次々とライジングはボールをゴールへ決めていった。

得点に沸き立つライジングとは異なり、ノーブルには焦りがあった。

「あの、金髪……アルスタシアを止めろ！」

「はい！」

チャールズはキャプテンの指示に対し、強く答えた。

ノーブルは貴族中心のチームだが、チームに入れるかどうかは実力重視。

もちろん、チャールズも実力を認められて入ったし、入った以上は特別扱いされてはいない。

しかし……周囲がどう見るかは別の話。

ここでちゃんと活躍し、実力を示さなければ「王太子という地位で無理矢理チームに入った」などと言われかねない。

そうこうしているうちに再びフェリシアの手にボールが回る。

ノーブルのメンバーが一斉にフェリシアに襲い掛かるが、フェリシアはそれをひらひらと避け続ける。

(ダメだ……ちゃんと動きを予測しないと避けられる！)

そう考えたチャールズは周囲に気を配りつつ、フェリシアの動きを予測し……

一気に加速した。

「つく……」

「つが……」

フェリシアとチャールズが空中で衝突した。

フェリシアの羽根からボールが零れ落ち、別のノーブルのメンバーがそれを摑んだ。

一方二人は真っ逆さまに下へと落ちていく。

とはいえ、心配する必要はない。

というのも地上には衝撃を緩和させる魔法が掛かっているからだ。

頭から落ちたとしても、死ぬことはない。

故に試合は二人を抜きに続けられる。

「悪いね、フェリシア。これは勝負なんだ」

一方フェリシアの上に覆いかぶさる形になったチャールズはフェリシアに言った。

「お、おう……それは良いんだけどさ」

一方フェリシアは……なぜか顔を赤くし、顔を背けている。

「どうしたんだい？」

「その、手を、どけてくれないかな？　さすがの私も、それは恥ずかしいぜ」

ムニュリと、チャールズは右の掌に柔らかい感触を感じた。

「……あ」

フェリシアの慎ましい胸をチャールズは摑んでいた。

チャールズは赤面し、慌てて手を離す。

「い、いや、すまない！　わざとじゃないんだ！」

「だ、大丈夫だぜ……こういう事故は、よくあることだからな。うん」

二人は気まずい思いのまま、再び空へと飛んだ。

なお……

試合結果はフェリシアの調子が少し崩れたことが原因で、ノーブルが一点差で勝利した。

過程はどうであれ、チャールズはノーブルの勝利に大いに貢献したのだった。

なお、その日の夜、チャールズは悶々とした時間を過ごすことになった。

※

さて、ラグブライの試合は生徒たちにとって大事なイベントではあるが……それと同等、否、それ以上に重要なイベントがある。

学力考査……つまり試験である。

ロンディニア魔法学園の夏季休暇は八月初旬から九月下旬までの約二か月だが、その直前に当たる七月の下旬ごろに学力考査があるのだ。

ここで赤点を取ると、夏季休暇は返上である。

そういうわけで生徒たちの多くは夏季休暇に向けて勉強を始めた。

と、言っても取り組み方は様々である。

今まで通りコツコツと続けるタイプもいれば、試験直前に詰め込めば良いという者もいるし、普段以上に熱を入れ、口を開くたびに試験試験と声を発する者もいた。

フェリシアは今まで通りの日常を過ごすタイプである。

フェリシアはいついかなる時に試験が行われてもベストの成績が取れるように心構えと勉強を重ねている。

だから試験三日前であっても特別に勉強の時間を取ることはなかった。

それに……

(……師匠からの課題をクリアする方が先だしな)

幸いにもマーリンは「分かったことを報告しろ」としか言っておらず、「○○を達成しろ」とは言っていない。つまりこの数か月でフェリシアがローブを解析することは不可能だと、考えているのだ。

しかし負けず嫌いのフェリシアにとってそれはとても悔しいことだ。

それに具体的な目標が設定されていないのも、少し怖い。「この数か月でそれくらいしか分からなかったの？」と言われるかもしれない……と、そう考えると妥協できなかった。

そういうわけでフェリシアは図書館へと向かった。

もっとも、主要な本は大方読み終えてしまっている。図書館に行くのは本を読むためではなく、考え事のためである。

キョロキョロと、フェリシアは座るのに丁度良さそうな場所を探し……

「あいつ……」

そこで見知った人物……アナベラ・チェルソンを見つけた。

彼女は寝ていた。本や辞書、教科書を枕にして、すやすやと寝ていた。

丁度、お日様が当たる位置取りでとても気持ちよさそうだった。

「……」

フェリシアはアナベラの正面に座った。それからじっと、アナベラが枕にしている本を見つめる。

ほんの少し、ほんの少しだけ……フェリシアの心に悪戯心が芽生えた。

この本を少しずつ抜き取ったとして、アナベラは果たして起きるだろうか？　と。

つまりだるま落としならぬアナベラ落としである。

（そーっと、そーっと……）

フェリシアはアナベラの教科書に指を掛けた。それから魔法で摩擦をなくす。

そして一気に引き抜いた。

ガクッと、アナベラが一瞬だけ下に落ちる。……が、彼女は寝たままだ。

（た、楽しい……！）

フェリシアの中の変なスイッチが入った。

少しずつ、教科書、ノート、本を抜き取っていく。そして……最後には辞書だけになった。

辞書に手を掛け……それからアナベラの寝顔を確認。……気持ちよさそうだ。

（これで最後！）

一気に引き抜く。ガタッと、大きくアナベラの顔が机の上に落ちた。

「んにゅ、んぁ……？」

しかし流石に高さがありすぎたようだ。アナベラはいつも以上に気の抜けた表情で目を開け、目を擦り、それからゆっくりと起き上がった。

そして正面のフェリシアを見て、目をぱちくりさせ……

「おはよう」

「わっ、悪役令嬢⁉」

ガタッと、音を立てて距離を取ろうとし、椅子がひっくり返りそうになる……

が、寸前のところでフェリシアがアナベラのネクタイを掴み、強引に引っ張り上げた。

「あ、危ない……」

「あっ……ありがとう……」

アナベラは小さくお礼を言い、座り直した。

「いや、私が悪かった。……楽しくなっちゃって」

フェリシアも謝罪し、アナベラに教科書等を返却した。

アナベラはおずおずとそれを受け取り、それから時計を見て……顔を青くした。

「あっ……寝すぎちゃった‼」

「……何か課題にでも追われてるのか？」

「そ、そうじゃないけど！　し、試験勉強が終わらない……！」

そう言いながらアナベラは慌てた様子で教科書とノートを開いた。

フェリシアはそっとそのノートを除く。

（うわぁ……ぐちゃぐちゃ……）

後から読み直すことが想定されていない……そんな感じのノートだった。

それどころか、関係のない落書きが書いてあったり、そもそも記述に誤りすらある。

勉強が苦手な人の頭の中ってこうなっているんだぁ、などとフェリシアは思った。

「……これ、使うか？」

フェリシアはローブからノートを取り出した。フェリシアも見やすいノートであると胸を張って言えるほどの出来ではないが、アナベラの物よりマシである。

「……良いの？」

「減るものじゃないしな。試験が終わるまで貸すよ」

フェリシアからノートを受け取ると、アナベラは小さくお礼を言い、勉強を始めた。

アナベラが勉強しているところをじっと見ていたフェリシアだが……

「そこ、間違ってるぞ」

「……え？」

どうしても気になってしまい、思わず口を挟んでしまう。

そして気が付けばフェリシアはアナベラに勉強を教えていた。

根本的に理解が誤っている、欠けている部分は分かりやすく説明し、分かりやすい暗記の仕方を教え、そして試験でおそらく出ると思われるであろう部分、集中的に勉強した方が良い箇所も指摘する。

そして気が付くと夕方になっていた。

「ありがとう……！　おかげで何とかなりそう！」

「おう、良かったな！」（……なるかな？）

あと二日も教えてあげた方が良いなと、フェリシアは思った。

それからアナベラは勉強道具を片づけ始め……

「あの、さ……」

「どうした？」

「えっと……その……もしも、だけど。これはその、もしもの話なんだけどね？」

「うんうん」

「意地悪なことをしたり、人をいじめたりするような悪い人……って聞いていたのに、実際に会ってみたら、別人じゃん！ってくらい、明るくて親切な人だったら……どうする？」

「……ふむ？」

一瞬、自分のことかと思ったフェリシアだが、「私は人をいじめたことはないな」とそれを否定した。

それから少し考えてから答える。

「まあ……別に良い人になっているなら、いいんじゃないか？　伝聞がデマだったってことだろ」

「い、いや……その、伝聞は正しいの。けれど……その、例えばだけど、自分のせいで、その人の性格が変わっちゃったら……どう？」

「……自分のせいで悪い性格になってたらアレだけど、改心しているなら、それはむしろ良いことじゃないのか？」

本当に誰の話をしているのだろうか？　とフェリシアは首を傾げた。

少なくともフェリシアは昔から良い子である——少なくともフェリシアはそう思っている。

「そ、そう……!?　そうだよね。良いことだよね！」

「う、うん……多分な」

それから二人で夕食へと向かう。すると道中、アナベラはフェリシアに話しかけた。

「あのさ、そのローブ……もしかして、四次元ポケ……あぁー、その、いろんなものをたくさんしまえるようになってるの？」

「ああ、そうだぜ。師匠からの贈り物だ」

「師匠……マーリン……ねぇ、マーリン……さん？　との修行って、どんな感じなの？　何か、特別な……瞑想とかする？」

「いや……それほど特別なことはなかったな。普通に勉強、勉強、勉強だぞ」

どちらかと言えば、「自分で調べて結論を出し、それをまとめて相手に伝える」ということに主眼を置いた勉強ではあった。だが、もちろんその前段階として暗記や論述のようなことはたくさんやらされた。

「そ、そう……どこの世界でも、勉強って必要なのね……」

「そうだな。やる内容は変わるだろうけど」

アナベラの言う〝どこの世界〟が職業や階級ではなく、本当の意味の〝世界〟であることには、フェリシアは気付いていなかった。

「でも、そのローブ……凄いね。本当に……昔話とかに出てくる魔法のローブみたい」

「魔法ねぇ……私には魔法には見えないけどな」

「……どうして？」

「滅茶苦茶(めちゃくちゃ)だからだ。こんなの……科学法則に反してる」

もちろん、実在する以上は必ず何か法則に則(のっと)っているのだろうがとフェリシアは呟くが……アナベラは首を傾げた。

「……だから魔法なんじゃないの？　科学に反しているんだから」

「……？　魔法は科学だろう？」

「え？　科学じゃ説明できないものが魔法でしょ？」

「…………？」

フェリシアはアナベラが言っている言葉の意味が分からなかった。

魔法はれっきとした、科学の一つである。むしろエングレンド王国では科学と言えば、主に魔法学を指すくらいだ。

しかし……ただアナベラがアホだからと片づけることはできなかった。

何かが、フェリシアの頭に引っかかったのだ。

「科学じゃ説明できないものが……魔法？　でも、魔法は科学で、何らかの法則に、魔法理論に則っているはずで……でも、このローブはそれに明確に反していて……」

ブツブツと呟くフェリシア。一方、アナベラはフェリシアの顔を覗き込む。

「え、えっと……フェリシア？　フェリシアさーん、大丈夫ですか……」

「……………まさか、いや、そんなはず!!」

突然、フェリシアは顔を上げた。これにはアナベラもギョッとした表情をする。

が、フェリシアは気にした様子は見せなかった。

「悪い……私は用が出来た!!　先に行っててくれ!!」

フェリシアはそう言うと走り出した。ふと、思いついた考察……それを文章で書き起こし、整理するために……

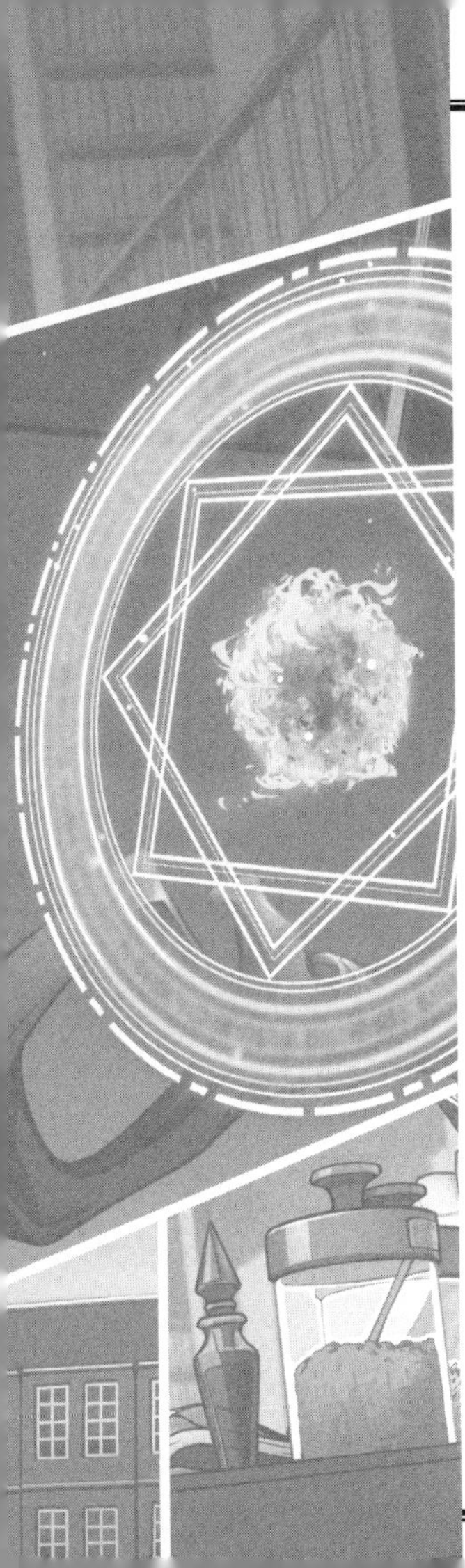

第三章　不良令嬢は手段を選ばない

gensaku kaishimae ni
botsuraku shita
akuyaku reijo ha idai na
madoshi wo kokorozasu

「まあ、当然か」

期末考査の結果を確認したフェリシアは満足し、鞄にしまった。

すべての科目で主席を取った。これで無事に師匠のところへ帰れる。

「ケイティ、ブリジット、どうだった？」

「フェリシアさんのおかげです！　良い成績が取れました」

「まあまあの出来ですわ」

ケイティは嬉しそうに、ブリジットは澄まし顔……しかし機嫌良さそうに言った。

取り敢えず、二人はそれなりの成績が取れたようだ。

「ぎ、ぎりぎりセーフ……！」

どうやらアナベラも赤点だけは回避できたらしい。教えた甲斐があるというものだ。

フェリシアと目が合うと、にこにこと上機嫌に微笑みかけてきた。……たとえ赤点回避できていても悪い点であることには間違いないのに、喜べるアナベラはフェリシアにとっては少し理解不能な生き物だった。

「また次席……」

「よし！　留年は回避したぞ！」

クリストファー、マルカムの二人はなんとも対照的だ。

片や好成績で残念がり、もう片方は酷い成績でも喜んでいるのだから。

最後にチャールズの表情を確認する。どこか安堵した表情だ。

王太子として最低限の成績は取れたようだ。

（さて、問題は……私の修行か）

※

さて、帰郷後に母親に顔を見せてから三日後。フェリシアはマーリンのもとへ、報告のために向かった。

「という感じの学生生活を送ってる」

「……本当にあの野蛮なスポーツをしているのね。しかも真剣に」

マーリンはドン引きした様子で言った。フェリシアは首を傾げる。

「楽しいけどな。師匠もやってみれば分かる」

「ふん……あんな、ボールを空の上で投げ合うだけの球遊びの何が楽しいんだか」

「師匠。それを言ったら球技は全否定だぜ？」

「そうよ、全否定しているのよ」

マーリンは鼻を鳴らした。どうにも趣味に関する価値観は合わないようだ。

「まあ、校内リーグの時は招待状を出すからさ。来てくれよ」

「……考えておくわ」

これは必ず来てくれるだろうなと、フェリシアは内心で思った。

マーリンは素直じゃないが、なんだかんだで弟子思いであることをフェリシアは知っている。

「ところで、遊びを楽しむのは結構だけど……それ以外は大丈夫？」

「成績……じゃなくて、ローブのことだろ？　そうだな。よく分からないってことが、分かったぜ。これは少なくとも、私の知っている魔法じゃない。……いや、魔法には限りなく近い感じがするけどな」

フェリシアはそう答えてから、如何にこのローブが「よく分からない」存在であるかを語った。

マーリンはフェリシアの回答を無表情で聞く。

「ふーん……なるほどね。思っていたよりも理解が進んでいるようね」

「それは良かったぜ。……それで、どうすればいい？」

「別に……？　そのまま研究を続けなさい」

「え？　いや、でも、師匠は報告しろって……」

「ええ、そうね。師匠として弟子がどれくらい課題を進められているか、気になったから、報告して欲しいなと……それだけよ？」

「次に何をしろとか……ないのか？」

「巣立った鳥にそんなことを指示するつもりはないわね」

「うぅ……そ、それは……」

「でも、そうねぇ……何もせずに見守っているだけというのも、効率が悪いわね」

マーリンはポツリとそう漏らすと、指を二本示してみせた。

「一つは……禁書庫ね。学校にある禁書庫を当たりなさい。図書館の地下にあるわ。場所は自分で探しなさい」

「……そこにヒントが書いてあるのか？」

「逆に聞くけれど、本に書いてあるような内容を私が課題で出すと思うのかしら」

「……じゃあ、どうして禁書庫を？」

フェリシアの当然の疑問にマーリンは答える。

「あそこには私が昔書いた本がいくつか、収められているわ。もっとも、まだまだ未熟で……魔導師と名乗れない頃の本だけれど。私がどうやってここに至ったのか、それを読めば少しは参考になるんじゃ……ないかしらね？」

「……分かった」

参考程度にはなるが、真似をしても意味はない。と、言外の言葉を読み取ったフェリシアは素直に頷いた。

「ところで禁書庫というからには、もしかして……危険か？」

「そうね。死ぬような警備もあるかもしれないし、読んだら死ぬ本みたいなのもあるわね」

「……」

「でも、安心しなさい。さすがに死ぬようなことは助言しないわ」

マーリンのそんな言葉にフェリシアは胸を撫で下ろした。こんなに若いうちに死にたくはない。

「それでもう一つは？」

「思い出すことね、原点を」

「……？」

首を傾げるフェリシアに、マーリンは言った。

「そもそも、あなたはどうして魔導師になりたかったのかしらね？」

※

マーリンへの報告を終えたフェリシアは、母の住む家へと向かった。

フェリシアがたどり着いたそこは、以前のようなぼろ小屋ではなく、集合住宅ではあるがしっかりと風雨や暑さ・寒さを凌げる部屋だった。

「帰ったよ、母さん！」

「おかえりなさい、フェリシア。食事はできているわよ」

フェリシアが魔法学園に行っている間に、フローレンスは大きく成長していた。

昔は料理など全くできなかったが、最近になって覚え始めたようだ。

フェリシアに振る舞うため、この数か月、練習を重ねていたらしい。

「ど、どうかしら？　……美味しい？　近所の方に習ったのだけど……」

「ん……ちょっと焦げてるな。でも、母さんが作ったものなら、何だって美味しい」

フェリシアは快活に笑った。フローレンスは儚げな笑みを浮かべる。

「……本当に、迷惑をかけて、ごめんなさいね」

「迷惑なんて、そんな……」

「大丈夫、良いのよ。最近ね、改めて思ったの。私、本当にダメな母親だったたって。……重荷に思ったこと、逃げ出したいと思ったこと、あるでしょう？　八つ当たりで、あなたのことを叩いてしまったこともあった」

「……」

病気が治っても、心まではすぐには治らなかった。

精神的に不安定だったフローレンスは度々フェリシアに当たり、「お前も私を見捨てるつもりなんだろう！」と心ない言葉を浴びせたり、暴力を振るったりしたこともあった。

フェリシアも人間だ。

不満に思うこともあるし、イライラすることもあるし……こんな女、見捨ててしまえば自由になれる、楽になれると思ったこともあった。

「過ぎたことだ、母さん。私は……母さんが元気になってくれて、嬉しいんだ。……父さんも加えて、またいつか、三人で暮らそう」

「……ありがとう、フェリシア。でも、私もいつまでも、あなたに甘えているわけにはいかないわ」

フローレンスはそう言って微笑んだ。

「ところで、いつ帰るの？」

「十日後には発つ予定だ」

「そう……なら、間に合いそうね」

「間に合う？」

フェリシアは首を傾げた。が、フローレンスはすぐに首を左右に振った。

「ううん、何でもないわ」

※

さて、時間はあっという間に過ぎ、フェリシアが学園に戻る日になった。

「フェリシア……これを受け取って」

「これは？」

フローレンスはフェリシアに何かを手渡した。

広げてみると……それは毛糸の手袋とマフラーだった。

お世辞にも上手な品とは言えないことが、フローレンスが自らの手で作ったことを示していた。

「もうそろそろ、誕生日でしょう？」

フェリシアは目を見開いた。

確かにあと少しでフェリシアは十三歳となる。

だが……ここ数年、誕生日を意識したことはなかった。誕生日を祝う余裕もなく、プレゼントなども贈られることはなかったからだ。

「まだちょっと暑いけど……これから、寒くなるでしょう？　だから持っていって」

「母さん……」

ギュッとフェリシアは手袋とマフラーを握りしめた。目頭が熱くなる。

「母さん!!」

フェリシアはフローレンスに抱き着いた。そして互いに頬にキスをする。

「じゃあ、春の長期休暇にはまた帰るから！」

「ええ……行ってらっしゃい」

さて、家を出てから暫（しばら）く。

フェリシアは後ろを振り向いた。

「お前ら、相変わらずだな」

「へへ、兄貴！」

「いや。姉貴！」

自称舎弟（しゃてい）の二人がフェリシアの前に現れた。

前と全く変わらない顔ぶれ……と、フェリシアは眉（まゆ）を顰（ひそ）める。

「あれ？　お前ら、ちょっと小綺麗になったな」

「お、分かりますか兄貴！」

「実は、最近はまともに働くようになったんす」

「へぇ……凄（すご）いじゃないか」

これにはフェリシアも感心してしまう。

根っからの不良が更生したのだから。

「頑張ったんだな！」

「へい！」

「姉貴も……難しいことは分からないっすが、頑張ってください！」

「おう！　じゃあ、元気でな」

フェリシアはウィンクをしてから、ふわりとスカートを浮かばせ、踵を返した。

去っていくフェリシアの背を見送りながら、こそこそと元不良二人は話し合う。

「……ちょっと、大きくなってたよな？」

「ああ……本当に姉貴になったっていうか……」

二人は成長期の神秘に感動した。

※

始業式と共に後期授業が始まった。

とはいえ、フェリシアにとってそれはさほど重要なことではない。

禁書庫に侵入し、マーリンの著書に当たる……その方がよっぽど重要だった。

「私の予想では、始業式の後だから、教師も疲れているはず。その分、監視も緩いはずだ」


深夜、図書館の扉の前でフェリシアはニヤリと笑った。

それから扉のレバーを掴み、何度か引っ張る。やはり鍵が掛かっていた。

「魔法的な施錠みたいだな」

フェリシアは右手に杖を持ったまま、左手を扉に掲げる。

すると、扉から三枚の魔法陣が現れ、空中に浮かび上がった。

「三重式か。やっぱり厳重だ……だけど、この程度は問題にならないな」

丁寧に魔法陣を一つ一つ、解除していく。砕け散るように三枚の魔法陣が消滅した。

フェリシアは再びレバーを手に取り、扉を引っ張った。問題なく開く。

「ではでは……まずは失礼する」

スカートをふんわりと揺らしながら、フェリシアは図書館の中へと入る。

すでに何度も利用したことがある施設ではあるが、念のために施設全体を一周してみる。

「地下への隠し扉……はそう簡単には見つからないか」

そこで杖に魔力を流し、魔力探知の魔法を使う。

両眼を凝らし、僅かな魔力の残滓も見逃さないように注意を払う。そして……

「見つけた」

真っ白い壁の前で立ち止まった。フェリシアは壁に左手で触れる。

「この壁の向こうだな？　でも認識できない。多分、論理結界だな。物理結界だったら、楽なんだけどなぁ……」

物理結界は物理的に対象の干渉を遮断する結界である。

物理結界は人や物の行き来の外、エネルギーや熱をも遮断する。極めて簡易的な結界であるため、未熟な魔法使いでも使えるが……一定以上の負荷が掛かると壊れてしまう。

これに対し、論理結界は論理的に対象の干渉を遮断する結界だ。

この結界は認可されたもの以外からの干渉を無力化する性質がある。例えば人間を妨げる論理結界を張れば、人間以外の物は行き来できるが、人間だけは行き来できず、それどころか人間は結界を認識することすら困難になる。

「仕方がない。解析するか」

一つ一つ、暗号を解読するように論理結界の中身を解析する。

如何にフェリシアといえども、その解析は困難を極めた。

三時間の格闘の末、フェリシアは何とか論理結界の魔法式を読み解くことに成功した。

「ここと ここを外せば……消えるな」

まるで紐が解けるように、結界が消滅した。

すると突然、白い壁がなくなり、階段が出現した。暗闇へと続く、長い長い階段だ。

ゆっくりと、足音を立てないように階段を下りる。すると厳重そうな扉が現れた。

その前には槍を持った銅像が立っている。この向こう側が禁書庫だ。

フェリシアがその扉へと向かおうとすると……

「止まれ！」

突如、銅像が喋った。

そして喋るだけではなく、動きだし、槍をフェリシアの顎先へと向けてくる。

「お、おう！　……なんだ？」

「許可証を提示せよ」

「……」

もちろん、そんなものはない。

まさか銅像に止められるとは思っていなかったフェリシアはどうしたものかと考える。

もちろん、魔法で倒してしまうという手もあるが……

(取り敢えず、意志があるってことはガーゴイルか？　……そう言えば、ガーゴイルは頭が悪いって聞いたことがあるな。上手くいけば、丸め込めるかもしれない)

「どうして？　理由は？」

「私は禁書庫の番人だ。許可証のある者以外を通してはならぬと、学園長より仰せつかっている」

「じゃあ、禁書庫の番人である証拠を見せてみろよ。話はそれからだ」

「……そんなものはない」

「だよなぁ。お前みたいな頭の悪そうな銅像が、番人のはずないもんな」

フェリシアがそう言うと、銅像の顔が真っ赤に……染まったような気がした。

「私は賢いガーゴイルだ！」

「おお、そうなのか？　じゃあ……これから私が出す問題にも答えられるか？」

「……もちろんだ」

「じゃあ、問題。一キロの鉄球と、一キロの空気。どちらの方が重いでしょうか？」

「むむ……」

考え込み始める銅像。フェリシアはその横をそっと、通過しようとして……

「同じではないか！　私を騙そうとしたな!!」

突然、怒り狂った銅像が槍の穂先を振り上げた。

ゆっくりと、穂先が弧を描きながらフェリシアの白い喉を撫で……

（あっ、死んだ……）

鮮血が噴き上がり、フェリシアは**死ぬことはなかった。**

なぜなら、咄嗟にフェリシアが突き出した杖が銅像の槍を上へ弾いたからである。

マーリンとの護身術の授業で体に刻み込まれていた経験が役に立ったのだ。

すぐさま、フェリシアは魔力弾を銅像へ叩き込み……粉々に粉砕した。

「あっ……やっちゃった……」

助かったのは良いが、これでは誰かが侵入したことが丸分かりである。とはいえ、やってしまったことは仕方がない。

フェリシアは早く用件を済ませるために、禁書庫の中へと入った。

魔法の光で中を照らしながら、ズラッと本棚が並べられた空間を突き進む。

「……凄い魔力濃度だ。禁書庫って言われるだけはある」

一部の本の中には、魔力が込められているものがある。

魔導書と呼ばれるもので、読むことそのものが一つの魔術儀式として作動する。

その魔導書が大量に収められているが故に、禁書庫には高濃度の魔力が満ちているのだ。

「さて、師匠が書いた本は……」

と、本棚を眺めている最中、ふと、気になる本が目に映った。

その本の背表紙にはこう書かれていた。

『読んだら死ぬ本』

フェリシアはそれをじっと、見つめた。思わずそれを本棚から引き出す。

表紙タイトルにも『読んだら死ぬ本』と書かれている。

フェリシアはそれを開き、文字を読み、内容を理解しようとする**前に我に返った。**

ゾワッと、背筋は凍り、全身から冷や汗が噴き出るのを感じた。

「あ、危ない……」

冷静になり、気付く。これは正真正銘(しょうしんしょうめい)の呪いの本だと。人を惹き付けて、殺す。そういう極めて悪質な本であることに。

「こ、こんなの、学校に置くなよ！」

自分が禁書庫に忍び込んでいることを棚に上げげつつ、フェリシアは慌ててそれを元の棚へと戻した。

そして何とかマーリンの書籍を見つけ出し、鞄(かばん)に入れて禁書庫から退散した。

※

さて、フェリシアがピョコピョコと上機嫌で帰る中……その背中を見守っている老人がいた。

白い髭を蓄えた老人は、額の汗をハンカチで拭(ぬぐ)いながら……大きなため息をつく。

「全く、二回も死にかけるとは……どういう教育をしとるんじゃ？　チェルシーや」

それは独り言ではなく、背後へと語り掛けた言葉だった。

するると老人のすぐ後ろに一羽のカラスが止まった。

「あなたの生徒でもあるでしょう？　そもそも、原因はあなたが仕掛けた罠だし、あなたが助けるのがあなたの義務。あと、今の私はアンブローズ・マーリンよ」

どこか無機質な女性の声。フェリシアの師である、マーリンだ。

これに対して老人……学園長はどこか呆れた声で返した。

「ここのことを吹き込んだのは君じゃろうて。……次は助けんぞ？」

「なら、フェリシアが死ぬだけね」

「嘘をつくのは良くない。……ワシが間に合わなかったら、すぐに手を出せるように身構えていたくせに。実は冷や冷やしておったろう？」

「……それはこちらの台詞ね。あなたは自分の生徒を見捨てない。見捨てられない。知っているわ。長い付き合いだもの」

それからしばらくの間、沈黙が場を支配する。再び口を開いたのは、学園長だった。

「ワシは彼女が魔導師に、真の魔法を目指すことに、賛同できん」

「同胞が増えるのは嫌？」

「そうじゃな。愛する生徒には人間として一生を全うして欲しい。もちろん……学友にも」

「そう。私はどうでも良いけど」

「ならば、なぜ彼女をこの道に引きずり込んだ？　まさか、寂しくなったからというわけではあるまいな？」

どこか厳しい声でマーリンを責める学園長。それに対しマーリンは飄々と答えた。

「せっかくの才能が潰れるのは惜しいと思ったのよ。あの子は……良い目をしているわ。私とはちょっと、方向性が違うけれど……」

「そうじゃな。どちらかと言えば、若い頃のワシに似ている」

「……」

「……」

再び、両者は沈黙する。それからカラスは口を開いた。

「用は済んだわ。じゃあね」

「使い魔越しではなく、生身でこちらに来てくれたら、茶でも出したんじゃがのぉー」

「お茶したいなら、あなたの方から来なさい。……その老いた体と白髪も捨ててね」

バサバサと、カラスが飛び立った。それから学園長は小さな声で呟いた。

「俺にとっては、君はいつまでもチェルシーだよ」

第四章 ― 元悪役令嬢は転生者と……

gensaku kaishimae ni
botsuraku shita
akuyaku reijo ha idai na
madoshi wo kokorozasu

ある少女はあらゆる人々が笑顔でいられる世界を作りたいと願った。しかし彼女は無知だった。

故に彼女は世界の真理に挑み、しかし至るには人では不可能だと気付き、人を辞めた。

ある少年は多くの人々をただひたすらに助けたいと願った。しかし彼の手はあまりにも小さかった。

故に彼はその手を広げ、広げ、広げ……気が付けば人を辞めていた。

ある少年はただひたすらに自由に生きたいと願った。しかし彼を縛る物はあまりに多かった。

故に彼は法を破り、法則を踏み潰し、世界の壁を破り、人の殻を破り、人を辞めた。

ある老人はかつて、世界の全てを知りたかった。世界の何よりも己が優れていることを証明したかった。誰にも負けたくなかった。

故に彼は世界の真理に挑み、しかし至るには人では不可能だと気付き、諦めた。

そしてある少女は……

「師匠はこんなことを考えてたのか……」

※

学園を離れた、ロンディニアの街にある公園、そのベンチの上で。

金髪の少女……フェリシアは、禁書庫から持ち出した本を読んでいた。

なぜ学校で読まないのかと言えば簡単で、さすがに盗み出した物を人の目があるところで読むのは憚(はばか)られたからである。少なくとも学園の関係者がいないところで、落ち着いて読みたかったのだ。

かつてマーリンが書き記したというその本には、とても興味深いことが書かれていた。

曰く、「世界は〇と一の情報のみで構成されている」のだという。

どうやらその本によれば、人間の思考というものは全て脳内のオンオフの信号のみで成り立っているそうだ。

そして人間は脳で世界を観測している。故に少なくとも人間が観測している世界というものは、全て「〇と一」で表すことができるのだという。

故にこれを操作することができれば……

「あらゆる貧困と争いの根絶。全ての人を幸福にすることができる真の魔法を生み出せる……かぁ。師匠も若かったんだなぁ……」

などとフェリシアは呟き、そこで頭の中のマーリンに「今でも若いわ」と杖で殴られた。

すでに何冊ものマーリンの著書を読んでいるが、なるほど、禁書に指定されるのも納得の内容だった。

例えば単純に現在の魔法学に反したことが書かれていたり、十字教会の教えに反することが記されていたり、倫理的・道徳的に怪しい実験が書かれていたりした。

中には暗号や呪いで読めないようになっている物もあった。なぜ、読めない本という意味のないものを書いたのか……フェリシアにはマーリンの気持ちが分からなかった。

ただ、何かしらの複雑な思いがそこにはあったのだろう。本は読まれるために書かれるはずだからだ。

彼女の理論には夢はなく、希望はなく、神も悪魔も存在せず、ただただひたすらに無味乾燥な観測と実験と考察が、現実が描かれていた。

しかしマーリンはその先に何かを見ようとしていた。おそらく、彼女にとって、それが魔導師を志した根源なのだろう。

「じゃあ、私にとっては……何だろう？」

フェリシアは首を傾げた。以前、マーリンに聞かれた問い。

なぜ、魔導師を目指したのか。

それは大魔導士ローランに助けられたから。彼のようになりたいと思った。

自分の生き方をみつけ、それに従って生きる……そんな姿に憧れた。

そしてマーリンに師事し、その憧れはさらに強くなった。冷たい視点と熱い心で世界を観測する彼女の姿を見て、カッコいいと思った。

……なぜ、そう思った？　なぜ、憧れた？　なぜ、それがカッコいいと思った？

「あぁ……、もう、やめだ‼」

何となく嫌な気分になり、フェリシアは考えることを止めた。それから空を見る。

すでに日は落ちかけている。門限も近い。

フェリシアは魔法学園への帰り道を歩き始め……途中で足を止めた。

驚愕に目が見開かれる。フェリシアの視線の先には金髪の中年男性がいた。

着ている服は決して高価なものとは言えないが、しかしそれなりに身綺麗にしている。

男性の方もフェリシアを見て、硬直している。

「ふぇ、フェリ……」

「父さん！！！」

フェリシアは駆け出し、その男性――アンガス・ジェームズ・アルスタシア――に抱き着いた。

ギュッと、その両手で強くアンガスを抱く。

「ううう……良かった……良かった……」

アンガスの胸の中でひとしきり泣いたフェリシアは、涙でぐちゃぐちゃになった顔でアンガスを見上げた。

そして微笑(ほほえ)んだ。

「生きてて、良かった。父さん」

※

フェリシアとアンガスは近くにあった飲食店に入った。

向かい合い、それぞれ紅茶と安いお菓子を注文してから……開口一番にフェリシアは言った。

「生きてくれて良かったです、お父様」

「……ああ」

アンガスは少し気まずそうに頷いた。

フェリシアは再会と生存を喜んでくれたが……アンガスが酒と賭け事に逃げ、挙(あ)げ句(く)フェリシアとフローレンスを捨てて逃げた事実は変わりなかった。

しかしフェリシアはそのことには触れず、アンガスに近況を尋ねた。

「今は何をしているんですか？」

「アルバ王国で羊毛を取り扱う商売をしている。最近、軌道に乗り始めた。今日は取引のためにロンディニアに来た」

フェリシアはじっとアンガスの服装を確認する。

決して高価な品とは言えないが、しっかりした生地の服を着ている。そこそこの生活水準を維持しているようだ。

「ところで、フェリシア。その恰好は……魔法学園の？」

「ええ……私もいろいろありまして。一応、入学できました」

フェリシアはマーリンのおかげで魔法学園に入学できるようになったことを簡単に説明する。

これには少々驚いたようで、アンガスは目を見開く。

「あの大魔導師マーリンに師事しているのか。それは……父親として鼻が高い」

「もっと鼻を高くしても良いんですよ？　学校では首席を維持しているし、ラグブライではそれなりに活躍していますす」

お互いの近況を話し合うフェリシアとアンガス。それは一見すると久しぶりに再会した親子の平和な光景だが……

しかし、やはりどこかぎこちない雰囲気があった。

「……その、フェリシア」

「どうしましたか？　お父様」

「…………お前たちには、本当に申し訳ないことをした」

アンガスは深々と頭を下げた。フェリシアはじっとアンガスを見下ろして言った。

「それはもう、過ぎたことです」

特に気にしてはいない。そんな調子の声だった。アンガスはようやく、本題に入る。

「……やり直させてはもらえないだろうか？」

「今更遅いな」

先ほどとは打って変わって、冷たい声だった。

「……」

アンガスは恐る恐るという調子で顔を上げ、フェリシアの顔を見る。

フェリシアの表情からは快活（かいかつ）な笑みは消え、冷たい表情でアンガスを見つめている。

その瞳には軽蔑（けいべつ）の色が浮かんでいた。

「もう、過ぎたことだ。過ぎたことだから、もう遅い。取り返しはつかない。……今更かつてのようにってのは、いくら何でも、虫が良すぎるとは思わないか？」

苦々しい表情でフェリシアは言った。

「あんたが、それなりに更生してるってことは分かった。反省していることも分かる。……そしてあんたは私の父親だ。私は今でもあんたのことを、父親だと思っているし、慕っている。だから生きている姿を見られて、本当に嬉しかった」

そしてフェリシアはギュッと、拳を握りしめた。

「でもな、同じくらい怒っているし、憎んでいる」

「それは当然のこ……」

「分かったような口を利くな!!」

ドン、とフェリシアはテーブルを強く叩いた。フェリシアたちのテーブルに、周囲の視線が集まる。

「酔っぱらったお前に殴られた時、どれくらい痛かったか！　お前が逃げ出した時、どれくらい絶望したか！　物を盗んで、生ゴミを漁って、殴られて、蹴られて過ごす日々が、どれだけ辛かったか、どれだけ屈辱的だったか！　お前に分かるはずがない!!」

フェリシアはそう言ってアンガスの胸倉に摑みかかった。

今にも殴りかかろうとする勢いに、慌てて店員が駆け寄ってくる。

「お、お客様！　こ、困ります……」

「……すまない」

冷静になったフェリシアは手を離した。

椅子に崩れ落ちるアンガスを見下ろし、フェリシアは鼻で笑い、再び座り直す。

「私は、八歳だったんだぞ……お前は、八歳の私に、全部を押し付けたんだ。母さんを……役に立たないお荷物を抱えて生きるのが、どれだけ大変だったか。分かるか？　全身傷だらけで、ボロボロで、くたくたになってようやく僅かばかりの食べ物を持って帰ってきたら、量が少ないだの、不味いだのと文句を言われる。こっちは疲れているっていうのに、お腹が空いて、寒くて仕方がないのに、真夜中にはブツブツと死にたいだなんだと口走って、こっちが慰めるとどうせお前も逃げ出すんだろうと言われ、珍しく元気がある時は泣き喚いて、暴れて、私を殴ってきて……」

フェリシアの目に涙が浮かぶ。

「母さんは良いよ……気に入らないことは、怒りは、憎しみは、全部私に向ければ良いんだ。私に当たり散らせばいい。でも、私はそうはいかない。母さんは病人だから、当たれない。そして父さん、あんたはその場にいないから当たりようがない。周囲は私よりもずっと強い人ばかりだ。私は……私自身にしか、怒りと憎しみを、ぶつけられなかった」

そう言ってフェリシアは服の袖を捲った。

一見すると傷一つない、綺麗な白い肌。フェリシアはそこを軽く指で拭った。

アンガスの表情が変わる。白い肌に走る、無数の線のような傷痕。

刃物で何度も何度も傷つけなければできないような傷だ。

「もう、癖になってるんだ。昔のことを思い出すと、嫌なことがあると、どうしてもやってしまう。でも……体が痛いうちは、心は痛くないんだ」

フェリシアはそう言ってから、頭を抱えた。そして深いため息をつく。

「……すまない、父さん。でもな、私にとってこのことは感情的には過ぎたことじゃないんだ。理性の上では、過ぎたことをいつまでも言うべきじゃないって分かってる。父さんを許したい……でも、許したくないって気持ちもある。昔みたいに、戻りたいのは、私も同じだ。でも、今の私には受け入れられないのも本当なんだ」

フェリシアは涙を拭う。自分の飲食分の料金をテーブルに置いた。

「母さんは、イエルホルムの街にいる。……会ってやってくれ。会いたがっている。やり直したければ、好きにやり直してくれ。でも、私はムリだ。少なくとも、今の私にはムリだ。気持ちを整理する時間をくれ」

フェリシアはアンガスの顔も見ずにそう言うと、すたすたと立ち去ってしまった。

最後には一人の哀れな父親だけが残された。

※

……一方、このやり取りを一人、聞いている者がいた。

丁度、フェリシアの背後の席にたまたま居合(いあ)わせたその人物は、静かに震(ふる)えていた。

「そんな、私の、せいで……こんなことに……」

ようやく、アナベラは自分が引き起こした事態の深刻さに気付いたのだった。

※

「私の、せいで……」

喫茶店を出たアナベラは一人、落ち込んでいた。

彼女がこの場に居合わせたのは全くの偶然であり、そして過去を知ったのも偶然だった。

否、偶然ではない。

アナベラは自分の行動が原因になり、アルスタシア家が没落してしまったことは知っていたのだ。

少しでも考えれば、没落貴族がどうなるか、少なくとも幸福な生活を送ることになるはずがないということは分かるはずだった。

ただ、考えないようにしていただけだ。

それだけでなく、正当化しようとしていた。「悪い人が良い人になるのは良いことだろう」と、そんな言葉を直接フェリシアの口から言わせた。

自分は悪くない。所詮、ゲームの世界のキャラクター。悪役令嬢が更生するなら、それはむしろ良いことではないか。

そう思おうとしていた。

「そんな、本当にそんな、辛い生活をしていたなんて……」

窃盗も、ゴミ漁りも、アナベラにはそんな経験はない。

前世でもそれなりに恵まれた家庭で生まれ育ったし、この世界では成り上がりとはいえ貴族家の生まれだ。飢えや寒さとは無縁の生活を送っていた。

自分が想像もできないほど酷い環境に、フェリシアを落としてしまっていた。

そのことに今更気が付いた。気が付いてしまった。

「あの時の、ブリジットの言っていたことは本当だったのね」

ふと、アナベラはダンスパーティーのことを思い返す。

ブリジットはフェリシアに対して「盗みをしていた。物乞いをしていた」などと言っていた。

あの時、アナベラは混乱しており、加えてフェリシアとの言い合いの中でブリジットが嘘をついているという流れになったので、アナベラ自身も特に深く考えることなくブリジットが嘘をついていたと考えていた……否。

そう思おうとしていただけだ。

「どうしよう……あ、謝れば……いや、でも……」

フェリシアは言っていた。「過ぎたことは取り返しがつかない」と。全くその通りだ。

アナベラはフェリシアに対して、何の償いもできない。

もしアナベラがフェリシアの立場だったら……絶対に許さないだろう。

「ああ、もう……こんなことなら、やらなければよかった」

肩を落とし、アナベラは街を歩く。後悔と罪悪感で頭が一杯になる。そして……

「……あれ？　ここは、どこ？」

ふと、アナベラは自分が見知らぬ場所にいることに気付いた。

考え事をしながら歩いているうちに、裏路地に迷い込んでしまったようだ。

「戻らないと」

アナベラは元来た道を戻ろうと、振り返ろうとする。が、突然、その手を引っ張られた。

「え、ちょっと……」

「お嬢さん、魔法学園の生徒だな？」

そこには野卑な笑みを浮かべた男がいた。気付くと周囲を男たちに囲まれている。

「っひ、誰か、助け――」

アナベラは大声で助けを呼ぼうと叫ぶ。が、すぐに口を手で塞がれてしまう。

「んぐっ……」（ま、不味い……これ、原作イベントだ……）

休日にロンディニアの街を歩いていると、低確率で「道に迷う」ことがある。

そこで暴漢に襲われるのだ。

このゲームではこのタイミングで「誰の名前を心の中で叫ぶか？」という選択肢が出てきて、今まで出会った攻略キャラの名前が羅列される。

キャラクターを選択すると、その通りのキャラが主人公を助けに来てくれて、そのキャラとの親密度が上がる。

というイベントだ。

低確率ではあるが好感度を一気に上げることができる上に、フラグやステータスに無関係で発生するイベントなので、ゲーム的には便利なイベント。

が、しかしそれはゲームの中での話だ。

（だ、誰か助けてくれる人は……マルカム君とアーチボルト先輩とチャールズ様はラグブライの練習で、クリストファー君は図書館で勉強……ま、不味い、この街に誰もいないじゃん！）

ゲームのように都合よく、攻略キャラがこの場にいてくれるはずもない。

だって、この世界はゲームの中の世界であっても、ゲームではないのだから。

（そ、そうだ！　魔法を、魔法を使えば良いじゃない！　私はチート持ちなのよ？　こんな噛ませ犬みたいな奴に、負けるはずがないわ！）

アナベラはそう考え、魔力を練り、反撃しようとする。しかし……

（ど、どうして、魔法が……）

「魔力は一級品のようだな。だが……まだまだ技術が足りない。魔法式の組み方が甘いぞ？　その程度、論理結界で容易く無力化できる。いい勉強になったな」

リーダー格の男は笑いながら言った。

その手には短い杖――ワンド――が握られている。彼は魔法使いだったのだ。

優れた魔法使いは魔法を封じることができる。

如何に優れた魔力の保有量や放出量を誇っても、魔法そのものを封じられてしまえばどうしようもない。

本当に優れた魔法使いや魔導師同士の戦いで戦いの鍵を握るのは、保有量や放出量ではない。

どれだけ高度な魔法式を組めるかである。

マーリンがアナベラを、正確には彼女の才能を評価しなかった理由の一つがこれだ。

（ま、不味い……本当に、不味い！　ど、どうしよう……だ、誰か……）

その時、アナベラの脳裏に浮かんだのはフェリシアの顔だった。

普段は快活な表情を浮かべている彼女だが……もしかしたら、その快活な表情は苦しみを隠すためだったのかもしれない。

そして彼女を苦しめたのは……アナベラだ。

（ああ、きっと……これは天罰なんだ。……ごめんなさい、フェリシアさん）

アナベラは目を閉じた。その時……聞き覚えのある声がアナベラの耳に届いた。

「おい、お前ら。何をしている」

思わずアナベラは目を開く。

そこにいたのは……フェリシアだった。

※

父親と喧嘩（けんか）別れをし、店を出た後、偶然にもアナベラの悲鳴を聞き……フェリシアは現場に駆け付けた。

そこではリーダー格の、魔法使いと思しき男が、アナベラを拘束していた。

「アナベラを離せ、チンピラ」

「ああ⁉　正義の味方ごっこかよ、クソガキが」

リーダー格（魔法使い）と思しき男は、突然現れたフェリシアに対してそう怒鳴った。

が、すぐに野卑な笑みを浮かべた。

「しかし……ふーん、お前も魔法学園の生徒か。……身代金が取れそうだな」

「悪いが、私の家族はそんなにお金持ちじゃないな」

フェリシアは飄々と返した。

フェリシアへチンピラの気が逸れた隙に、アナベラは自分を押さえるチンピラの手を嚙んだ。

「痛！」

一瞬、アナベラの口を塞ぐ手が離れる。その隙にアナベラは叫んだ。

「フェリシアさん、逃げて！　論理結界？　とかいうので、魔法を無力化されているの‼」

「なるほど、確かに論理結界が張られているな」

フェリシアは周囲の魔力を探る。確かに論理結界が張られている。

これを解除しない限り、魔法は使えない。

「でも、だからと言って、逃げるわけにはいかない」

フェリシアはそう言って樫(かし)の杖を構える。どう見ても臨戦態勢だ。

アナベラはフェリシアがどれくらい強いかは知らないが……自分よりも背の低い少女が、魔法なしで十数名の男たちに勝てるはずもない。

「ど、どうして、私なんかのために危、んぐっ」

「黙れ！　このクソガキが!!　やってくれたな!!」

再びアナベラの口が塞(ふさ)がれる。アナベラは目でフェリシアに逃げるように訴えるが……

「おい、アナベラに乱暴をするな。もし、傷つけてみろ。ただじゃ済ませないぞ？」

逃げるどころか、フェリシアはアナベラを助ける気満々だ。

（ど、どうして……私は、酷(ひど)いことをしたのに。あなたを不幸にしたのに……今までも、散々酷い態度を取ったのに……）

アナベラの瞳に涙が浮かぶ。「馬鹿なガキだ。とっとと尻尾(しっぽ)を巻いて逃げれば、逃げられたのにな」

リーダーである魔法使いの男が笑う。

気付くとフェリシアの背後にチンピラたちが回り込んでいた。

「どうして、そうまでして助けようとするんだ？　お仕置きする前に、聞いておいてやる」

「アナベラも、お前も……変な質問をするな」

フェリシアは不敵な笑みを浮かべて答えた。

「友達を助けるのに理由はいらない。強いて言えば、友達だから、が理由だ！」

フェリシアはそう言ってアナベラに対し、ウィンクをした。

ドキッと、アナベラの心臓が跳ね上がった。

「魔法が使えない以上、そのガキはただの子供だ！　やっちまえ‼」

チンピラたちが一斉にフェリシアに襲い掛かった。

手にナイフや棍棒のようなものを持っている。

「それはどうかな？」

フェリシアは不敵に笑い、軽やかなステップでチンピラたちの攻撃を避ける。

そして樫の杖を振り……

「おりゃあ‼」

チンピラの一人の股間を強打した。泡を吹いて倒れる男。

これにはチンピラたちも青い顔で、後退りした。

その動きの速さ、そして力の強さは魔法の使えない女の子のものではなかった。

「……論理結界を無効化したか」

魔法使いの男は苦々しい表情で呟いた。

そう、短いやり取りの間にフェリシアは結界を解析し、自分を対象から外し、魔法が使えるようにしたのだ。

今は身体強化の魔法を使っている。

「悪いな。これくらいは師匠との訓練で、何度もやっているんだ」

そしてフェリシアは強い。

マーリンから手解きを受けた杖術と、長年の戦闘経験がフェリシアを強くしたのだ。

ただの数に任せただけのチンピラ風情はフェリシアの敵ではない。

「あ、相手は一人だ！　やっちまえ‼」

「一対多は慣れてるぜ」

杖先で器用に喉を突き、反対側から襲い掛かってきた相手には片方の指をその眼球に突き刺す。

軽やかな動きで敵の攻撃を避け、後ろ蹴りで顔面を強打し、続けて杖で睾丸(こうがん)を殴りつける。

先天的なバランス感覚と、ラグブライで鍛えられた動体視力、筋力を生かし、フェリシアは男たちの攻撃を避けていく。

そして的確に急所を――頭、顎、腹、股間、脛(すね)――を杖で殴ったり、蹴りを入れたりして、一人一人片づけていく。

その姿はまるで妖精のようだった。

（……綺麗）

思わず、アナベラは見惚れてしまった。

「この、クソガキが‼」

一人がナイフを突き出す。

ナイフは僅かにフェリシアの長い髪を掠（かす）るが……傷つけることはできなかった。

「これで、お終（しま）いだ‼」

フェリシアの靴が男の股間にめり込んだ。さらに杖を振り、顎を強打し、意識を奪った。

「全く……役に立たないゴミ共め。おい、そのガキはしっかり押さえてろ」

「へ、へい！」

魔法使いの男は杖をフェリシアに向けた。一方、フェリシアも樫の杖を男に向けて、身構える。

「魔法使い同士の戦いというものを、教えてやる」

「おう。ご教授願うぜ」

フェリシアはそう言うと、杖先に魔力を集めた。

それを魔法使いの男に向けると、男は杖を手に身構える。

「……バーカ」

フェリシアは小さく笑うと、杖を上へと向けた。空へ魔力弾が打ち上がる。

パン！　と、大きな音と光が薄暗くなった空を照らした。

「これで魔法騎士が駆け付けてくる。……大人しく逃げた方がいい」

この男と戦う必要は何一つない。アナベラさえ助けられればそれで良いのだ。

それがフェリシアの行動の意味、この場における最適解だ。

「おっと、これは面倒なことをされた。さすがに魔法騎士を複数人、相手にするのは分が悪い。……でもな？」

「……え？」

気が付くと、フェリシアの腹部に男の拳がめり込んでいた。

フェリシアは脂汗を流しながら、お腹を押さえ、蹲る。

「調子に乗ったガキ一人を殺してからでも逃げる時間はある」

そう言って男は杖から出た魔力の剣を振り上げた。フェリシアは慌ててこれを杖で受け止める。

時には魔法の剣をぶつけあい、時には魔力弾を撃ち合い……。

フェリシアと魔法使いの男は戦う。しかし……

「ガキが大人に勝てるわけないだろうが。魔力量、身体能力、経験……全部負けているのによ」

フェリシアは防戦一方だった。

フェリシアは悔(くや)しそうに男を睨(にら)みつける。睨みつけるしかなかった。

（クソ……こいつ、強いぞ……）

フェリシアは賢く、強く、才能があり、そして努力家だ。師匠であるマーリンも、世界でもっとも優れた人のうちの一人だろう。

だが、十二歳の女の子だ。まだまだ体も魔力も成長期だ。

優れた魔法が扱えるというアドバンテージがある以上、魔法が使えない成人男性よりは強いかもしれないが……

そのアドバンテージを失えば、後に残るのは大人と子供の能力差だ。

勝てるはずもない。それは当然の道理だった。

「これで終わりだ!!」

男はそう言いながら右手で持った杖に魔力の刃を纏(まと)わせ、フェリシアに突き立てようとする。

フェリシアは杖でそれを防ぐが……

「甘いな」

「なっ……」

気が付くと、男は杖を二本持っていた。そう、右手の攻撃はフェイント。

本命は左手の杖。

それを真っ直ぐ、がら空きになったフェリシアの喉元に突き立てようとする。

(こ、こんな、ところで……)

死にたくない。

両親と仲直りできていないのに。魔導師にもなっていないのに。

気に入らない。

自分に理不尽な、思い通りにならない世界が気に入らない。

しかし現実は非情だった。

魔力の刃は真っ直ぐ、フェリシアの柔らかい喉を突き破る。

※

少女は昔から、自分の思い通りにならないものが嫌いだった。

例えば、同い年の使用人の娘の女の子。少女は彼女のことを自分の僕だと思っていた。

だから彼女を馬のようにして、遊んだことが幾度もある。

自分は偉いのだ。自分の僕が自分の思い通りに動くのは当然だ。

にもかかわらず、その女の子は……少しだけ、嫌そうな顔をするのだ。少女はそれが気に入らなかった。

また、少女には婚約者がいた。自分に相応しい身分の、相応しい容姿と能力を持った男の子だ。

しかし少女は彼が気に食わなかった。

思い通りにならないから。

少女が使用人やその娘を僕として、当然の扱いをしていると、彼はそれを咎めてきた。

また、少女と違い、彼は少し不真面目なところがあった。

彼は勉強が嫌いで、遊ぶのが好きだった。

少女がそれを指摘すると、彼は嫌そうな顔をした。少女はそれが気に入らなかった。

自分の思い通りにならないものは、年を追うごとに増えていった。

家の財力が、政治力が傾くたびに、少女の思い通りになっていたものは減っていった。

ついには少女の故郷そのものが、思い通りになってくれなくなった。国を追い出された。

命すらも脅かされた。

そこで人に助けられた。

その男の人はとても強かった。自分が敵わないような相手を、一撃で倒していった。

強い、凄い、カッコいい。

自分もあんな風に気に食わないものを捻じ伏せたいと、そう思った。

しかしそう簡単にはいかない。世界はどんどん、少女の思い通りにならないようになったから。

飢えが、寒さが、暴力が、牙を剝いた。

今まで見下していたはずの者たちに殴られ、蹴られ、見下された。

両親の愛すらも疑った。

こんな世界はおかしい。こんなはずじゃない。自分の思い通りにならないなんておかしい。

これはきっと、悪い夢に違いない。ずっと、ずっと、そう思っていた。

夢ならば……死ねば醒めるだろうと、そう思った。

そう思っていた時に、師匠と呼べる人物と出会えた。そして彼女はとても素晴らしい人物だった。

少女が今まで知り得てきた中でもっとも知的で、優れた人物のように見えた。

そんな彼女のように、かつて自分を助けてくれた彼のように、なりたいと思った。

自分で自分の人生を決めることができる人間に。自分の思い通りに世界を従えられる人間に。

そのために少女は知識と力を欲した。

人を辞めたいと思った。

※

魔力の刃は真っ直ぐ、フェリシアの柔らかい喉を突き破る**ことはできなかった。**

なぜなら、寸前のところでフェリシアは自分の喉に硬化の魔法を掛けたからである。

結果、フェリシアの体が突き飛ばされるだけで、フェリシアは死ななかった。

「な、何⁉」

（い、今、何が……？）

魔法使いの男は大きく目を見開き、そしてフェリシアは自分の身に起きたことが理解できなかった。

絶対に死んだと、そう思ったからだ。しかし死んでいない。

なぜか、と考え……そして自分の喉に硬化の魔法が掛けられていることに気付く。

誰が掛けたのか、否、自分だ。

あんな状況下で？　本当に自分が？　自分にできたのか？　できるか否かで言えば、できただろう。しかし実際にできるほどの判断が……

否、できたのだ。そうでなければ死んでいる。半ば無意識にフェリシアは自分の喉に硬化の魔法を掛けたのだ。マーリンとの修行の成果である。

（こ、これは……何だ？　私は……何をしている？）

そう、まるで、世界を上から眺めているような。

思い通りに世界を書き換えているような。思い通りにならない世界を無理矢理捻じ伏せているような。

そんな感覚がした。

「こ、この、小癪な!!」

魔法使いの男はグッと身を屈め、杖を構え、懐に入ろうとしてくる。

フェリシアはまだ体勢を立て直すことができていない。

魔法の刃が真っ直ぐ、フェリシアの柔らかい肉を切り裂く……

（ことはできない。なぜなら、お前は不運にも小石で転んでしまうから）

ことはできなかった。なぜなら、魔法使いの男は不運にも、小石に躓き、大きくバランスを崩してしまったからだ。

そしてその間にフェリシアは体勢を整え、杖を向け、全力の魔力弾を放った。

「っく！」

魔法使いの男は慌てて、魔力の結界を作り、これを防ごうとする。

大人と子供の魔力量には差があり、当然、男の方がフェリシアよりも魔力量は多い。

故に全力の魔力が互いにぶつかれば、負けるのはフェリシアだ。

（だが、お前は全力を出せない。なぜなら、体勢を崩した状態で、集中力を欠いていたから）

しかし男は体勢を崩していた状態であったため、万全の結界を張ることができなかった。

結果としてフェリシアの魔力は男の結界を食い破り、男の腹部を直撃した。

（私の……勝ちだ！）

勝ったのはフェリシアだった。


「フェ、フェリシア!!」

アナベラの呼びかけを聞き、フェリシアは我に返った。

すると先ほどまで、自分の体を支配していた謎の全能感が嘘のように消えてしまった。

まるで空から地面へと、強引に引き戻されたような感覚だ。

否、引き戻されたのではない。落ちたのだ。これが今のフェリシアの限界なのだ。

「だ、大丈夫？　け、怪我してない？」

アナベラに聞かれ、フェリシアはようやく現状をもう一度認識し直した。

魔法使いの男は倒れている。そしてその男の部下は……どこにもいない。

どうやらリーダーが負けたのを見て、全員逃げ出してしまったようだ。

「ああ、大丈夫だ。怪我は……大きい怪我はないと思う」

しかし謎の虚脱感のようなものがあった。魔力をたくさん使ったというのもあるが、それとは少し違う。

どちらかと言えば、とてつもなく複雑で難しい数学の問題を解いた後のような、またはとても繊細な作業を終えた後のような、そんな心地よさと気の抜けた感じのある疲れだった。

「お前こそ、怪我はないか？」

「う、うん……大丈夫」

フェリシアの問いにアナベラは答えた。それからどこか不安そうな表情でフェリシアに尋ねる。

「……どうして、助けてくれたの？」

「まだ言うのか？　友達だからって、言っただろ？」

「でも……私のせいで、あなたの家は没落したのよ！」

アナベラは吐き出すようにそう言った。

「私が考えなしに行動したせいで……あなたを不幸にした。あなたを傷つけた。追い詰めてしまった。私はあなたの家族を引き裂いてしまった……それどころか、自分を正当化しようとして……」

「……もしかして、父さんとの会話、聞いてたのか？」

「あ、……その、ごめんなさい」

「盗み聞きは趣味が悪いな……」

自分の恥ずかしい、隠したい部分を聞かれていたことを知ったフェリシアは恥ずかしそうに頬を掻いた。

「そ、その、悪気はなかったの……た、ただ、聞こえたから……」

「分かっているさ。お前は悪いことを進んでするような奴じゃない。私が知っている。それに大きな声で話してた私の方が悪い。面白くもない話を聞かせて、すまないな」

それからフェリシアは誤魔化すようにウィンクをした。

「あのことは、他言無用で頼む」

「う、うん！　ぜ、絶対に言わない‼」

こくこくと頷くアナベラ。フェリシアはそんなアナベラの手を取り、立ち上がらせた。

「じゃあ、学園に帰ろう。……それとうちが没落した話のことだが」

「う、うん……」

「別にお前のせいなんかじゃない」

フェリシアは優しく、そう笑って言った。

「で、でも……」

「気にするな。お前の家の投資は、人を豊かにした。それは事実だ。うちはたまたま、損をする側に回っちゃっただけ。それとも……うちを貶めようとしていたのか？」

「そ、それは……違うけど……」

「なら、お前は何も悪くない。一切、気にすることはないぜ。もし……そのことでお前を責める奴がいたら、私に言え。私がぶっ飛ばしてやる」

ニカッと笑うフェリシア。

その可愛らしく、そして同時にカッコいい笑顔を見た途端……アナベラの心臓はこれ以上ないほど、高鳴った。

顔が真っ赤に染まる。

「ふぇ、ふぇ……」

「ん？」

「フェリシアさーん！！！」

思わずアナベラはフェリシアに抱き着いた。

これにはフェリシアも驚き、バランスを崩して倒れてしまう。

「お、おい、ちょっと……」

「フェリシア、フェリシア、フェリシア……うわぁーん!!」

「な、何なんだよ……」

フェリシアは困惑しながらも、アナベラの頭を撫でた。


「ご、ごめんなさい……ハンカチ、後で返すね」

「まあ、気にするなって」

後からフェリシアに抱き着いて号泣したことが恥ずかしくなったアナベラは、恥ずかしそうに頬を掻いた。

一方、フェリシアは特に気にしていない様子だ。

アナベラは何かを考え込みながら歩き……そして足を止める。

「どうした？」

「……その、今度、時間を貰えないかしら？」

「別に構わないが……何なんだぜ？」

フェリシアが尋ねると、アナベラは意を決した様子で言った。

「あなたに……話さなければいけないことがあるの」

※

さて、次の週の休日。

フェリシアとアナベラは再びロンディニアの街へ行き……アナベラが事前に予約をしたお店に入った。

そこはお洒落な個室がある、雰囲気の良さそうなお店だった。

「ここなら、いろいろと話せると思うの」

椅子に座ってアナベラはそう言った。一方、フェリシアは周囲をキョロキョロと見ながら尋ねる。

「ここ、結構高いお店だろ？　……本当に奢ってもらって良いのか？」

「うん、良いの。私が誘ったんだし」

「そうか？　……まあ、そう言うならお言葉に甘えるけどさ。さて、念のために論理結界を張っておくか」

フェリシアは魔術式が書かれた紙を数枚取り出し、個室の中に等間隔に貼りつけた。

このような二次元的に記された魔法式を描き、固定することで、魔術の維持に神経を割く必要がなくなるのだ。

それから杖を振る。

魔法陣に魔力が満ち、個室の内側から外側への情報を遮断する論理結界が構築される。

もちろん、念には念を入れて、四次元までの干渉に関しては遮断できる代物だ。

「店員を呼ぶときは、扉を開けてから言ってくれ。閉めている時は論理結界が作動するから、私たちの声は聞こえない」

「う、うん……それにしても、本当に凄いよね。そんな高度な魔法を使えるなんて」

「まあ……それほどでもある……かな？」

少なくとも、フェリシアには今の魔法にはそれほど価値があるようには思えなかった。

あの時の、魔法使いの男との戦いで振るった**魔法**、あの力。

まるで事象を書き換えているようなあの力に比べれば、小石のようだった。そしてあの力はあの日以来、使えていない。

どう使えば良いのか分からなかった。

さて、注文した紅茶を飲みながら……フェリシアは尋ねる。

「で、話したいことってのは？」

「う、うん……でも、その前に。本当に、本当に、ごめんなさい」

そう言ってアナベラは頭を下げた。

「だから、気にすることは……」

「それだけじゃなくて……私、あなたのことを、誤解していたの。私に、復讐をしようと、意地悪をしようと企んでいるんじゃないかって」

しょんぼりと、徐々に尻すぼみになりながら謝るアナベラ。

フェリシアは少し考えてから答える。

「正直に言うと、お前に対して全く思うところがないというわけじゃない。特に……没落した後は、お前を……というよりは、チェルソン家を恨んだ。逆恨みだけどな」

「うっ……当然のことだと、思う。……うん」

「あと……初対面の時は、正直お前の態度には腹が立った。ぶん殴ってやろうかと、脳裏にチラつくくらいにはな」

ふん、と鼻を鳴らしながらフェリシアは言った。

一方、アナベラはますます、縮こまる。本当に申し訳なさそうに何度も何度も頭を下げる。

「でもまあ、逆恨みだしなぁ。そもそもうちの経済力が衰えた理由……人工ミスリルは、お前が作ったわけじゃないだろ？」

「い、いや、そうだけど……でも、あれに投資した方が良いとお父様に言ったのは私なの」

それにその投資をする元金となった資産も、アナベラの〝知識〟によって作られたものだった。

　だから自分の責任だとアナベラがフェリシアに語ると……

「……へぇ、それは凄いな。お前、そういうことに関する才能はあるのか？」

　むしろフェリシアは感心した。フェリシアはアナベラの父親を「優れた商才のある人物」と認識していたが、本当に凄いのはアナベラだったのだ。

「でも、お前は便利な発明を後押ししたわけだし、それは誇って良い。うちは、まあ、たまたま貧乏くじを引いちゃっただけさ。誰もが幸せになれる発明はない。……でも、より多くの人は幸せになったんだし、それは良いことさ」

「そ、そう言ってもらえるのは嬉しいことなのだけれど……」

　しかしアナベラはとても複雑そうな表情だ。まるで自分の手柄ではないのに、それを自分の手柄であるかのように褒められたような、そんな表情である。

　それからアナベラは少し迷った表情を浮かべてから……ついに本題に入った。

「私……前世の記憶があるの！」

「……それは前、聞いたな。えっと……何か、小説でも書いているのか？　その、相談、とか？」

「ち、ち、ち、ち、ち、違うし！　しょ、小説なんて、い、痛々しい、恋愛小説なんて、か、書いてないし！」

「お、おう！　そ、そうか……うん、そうなんだな！」（こりゃあ、書いてるんだな……）

フェリシアはアナベラの名誉のために聞き流すことにしつつ、頷いた。

「よし、とりあえず……一応聞くが、創作の話じゃ、ないんだな？　嘘偽りじゃなくて、少なくともお前自身はそう信じている。……そうなんだな？」

「う、うん……その、信じられないかもしれないけど……」

「お前は嘘を言ったりしない。私はそう信じている。話の真偽は別として、だけどな。……よし、取り敢えず全部話せ。黙って聞いてやる」

フェリシアは大きく、力強く頷いた。

アナベラはたどたどしく、自分の記憶について、前世について話し始める。

それは要領を得ない説明ではあったが……フェリシアは真剣にアナベラの話を聞いた。

「と、いうわけなの」

「……ふむ」

丁度、デザートが運ばれてきた。

しかしフェリシアはデザートには目もくれず、腕を組み、しばらく考え込んだ様子を見せてから言った。

「胡散臭い話だな」

「ほ、本当なのよ⁉」

「分かってる、分かってる。嘘は言っていない。そして……実際にお前はいろんな発明をしているっていう証拠もある。人工ミスリルだって……未来でも知らない限り、あんなのに投資したりしないだろう。辻褄(つじつま)は合っている。でもなぁ……」

そこでようやく、フェリシアはデザートに手をつけた。

ケーキをフォークで切り、口に運び……少し頬(ほお)を緩(ゆる)ませる。

「まず、魂ってのが胡散臭いよなぁ」

「……え、そう？」

「あるかどうか、分からないだろ。魂が実在して、異世界とやらが存在して、そしてこの世界はその〝ゲーム〟とかいう架空の世界で。で、神様がお前をその世界に転生させてくれた？　はい、そうですかって、信じられないな」

「……でも、本当のことよ。私がこの目で見て、体験したことだもの」

ムッとした表情で、アナベラはそう言った。が、フェリシアは首を左右に振る。

「体験した……記憶があるだけだろう？」

「……記憶？」

「つまり誰かにそう思い込まされている、もしくは思い込んでいる。その方が辻褄が合うな。まあ、お前の〝知識〟に関しては間違いなく本物だし、異世界ってのが実在してもおかしくはなさそうだけど」

つまりフェリシアの仮説は「自称神様を名乗る人物が、アナベラに、異世界の全く違う人物の記憶を植え付けた」というものである。

「そ、そんなこと、できるの？」

「転生するよりはあり得るだろ」

「それは……そう、かも……うん、そうだね。確かに！」

アナベラはなるほどと頷いた。とても晴れやかな表情だ。

一方、あっさりと納得したアナベラの態度に、フェリシアは呆気に取られた。

何を驚いているんだと言わんばかりのアナベラに対し、フェリシアは恐る恐るという様子で尋ねる。

「え、えっと……ショックじゃないのか？」

「え？　うーん、そういう考えもあるかなって思っただけだけど。私よりもフェリシアの方が頭が良いし、フェリシアの考えの方が正しいかなって。……それがどうしたの？」

「だ、だって……私の仮説だと、お前はお前自身が思っていた〝お前〟じゃないってことになるんだが……その、アイデンティティーというか、自分自身を否定されて、ショックじゃないのか？」

自分の物だと思っていた記憶が嘘偽りや知らない誰かの記憶だったと知ったら……フェリシアはそれをそう容易く受け入れる自信がなかった。少なくともしばらくは思い悩むだろう。

「うーん……でも、それを知ったからといって私が変わるわけでもないし。私は私だから、別にどうでも良いかなぁって」

「そ、そうか……お前、凄いな……」

「そうかな？　ただ、悩んだり考えたりするのが面倒くさいだけだよ。それに、まあ、ほら、何とかなるかなって」

「……」

少なくともフェリシアには絶対にできない考え方だ。

どんなに自分にそう言い聞かせたとしても、思い悩んでしまうだろうし、精神的に病むだろう。

（私が……おかしいのか？　もしかして私のメンタルって、一般人に比べて凄く脆いのか？　……あの母さんの娘だもんな。うん、脆いわ……ダメだ、しょげる……）

勝手に一人でフェリシアが落ち込んでいると、アナベラが心配そうに尋ねる。

「顔が青いけど、どうしたの？」

「な、何でもないんだ！」

フェリシアは空元気を出して答えた。

一番ショックを受けるはずのアナベラがどうでも良さそうなのに、フェリシアが一人で勝手に傷つくわけにはいかない。

「でもさ、その……偽物か、もしくは他人の全然関係ない人の記憶だったとしてさ、実際……私はある程度、未来のことを知ってたわけじゃない？　外れたところもあったけど」

「私がお前をいじめるって、話か？」

「え、えっと……」

少し言い淀むアナベラに対し、フェリシアは首を左右に振った。

「気にしない。……実際、昔の私はかなり酷かったからな。正直、説得力がある話だと思った」

フェリシアは苦笑しながらそう言った。それから少し考えてから、アナベラに尋ねる。

「あのさ、自分よりも立場の弱い女の子を馬にして遊ぶのって、いじめかな？」

「……その子が嫌がってたなら、いじめじゃない？」

「そうかぁ……そうだよな。うん」

帰ったらケイティに謝罪しようとフェリシアは決めた。

「ところでこの世界がゲームの世界というのは、どう思う？」

「そうだよなぁ、そこが気になるよな。嘘八百にしては当たりすぎてるし、かといって未来予知というわけでもないし」

少なくともフェリシアとしては、今、自分がいるこの世界が〝ゲーム〟、つまり何らかの物語の世界であるとは思いたくない。

だが……

（いや、でも……あの**魔法**を使えば……）

あの**魔法**をもし自由自在に使いこなせる者がいたとしたら、この世界はまさに物語でしかないだろう。

いくらでも書き換えられるし、書き加えられる。

（でも、さすがに師匠にも不可能だよな？　師匠と同格以上の存在……何者か、それこそ、神を名乗れてもおかしくない存在……）

と、そこまで考えてフェリシアは思考を打ち切った。

少なくとも、そんなものの存在についてフェリシアは知らない。考えても無駄である。

マーリンに聞いた方が早いだろう。

「すまない。……全然、頼りにならなくて」

「えっと……気にしないでよ。正直、フェリシアに言われるまで、心配したことすらなかったし」

「……少しは気にした方がいいぜ」

フェリシアは自分とアナベラの温度差に、複雑な気持ちを抱いた。

もっとも、それはアナベラも同様だが。

「とにかく、話を戻すが……一度師匠に見てもらった方が絶対に良いな」

「え？　どうして？」

「よく分からないものに、お前は記憶とか、能力とかを付与されてるんだぞ。他にも何かされているかもしれないだろ。気持ち悪くないか？」

「うーん、言われてみればちょっと気味が悪いかも」

「……ちょっとか？」

フェリシアはアナベラのメンタルの強さに、呆れ半分、尊敬半分の視線を向けた。

それから頭を掻き、ため息をつく。

「はぁ……とにかく、だ。絶対に見てもらうぞ。いつにする？　私としては、今すぐにでも師匠のところへ向かいたいくらいなんだけどな」

「うーん、次の長期休暇で良い？　実際さ、今まで害はなかったんだし、そう急ぐこともないんじゃない？」

「……まあ、お前がそう言うなら、それでいいぜ」

フェリシアは大丈夫かなぁと思いながら、頷くのだった。

※

それから帰宅後のことである。

「ケイティ！　……私、お前に酷いことをした。すまなかった！」

「え、ええ？　ま、待ってください……頭を上げてください！」

帰ってくるなり、唐突に頭を下げてきたフェリシアにケイティは混乱した。

一方、フェリシアは本当に申し訳なさそうな表情を浮かべて言う。

「その……おままごとで犬役をやらせたり、その、馬になれとか命令したり……本当に、すまないことをした」

「あー、そういえばそんなこともありましたね。懐かしいです」

「な、懐かしいって……」

ケイティにとっては、それは笑い話でしかないようだ。

少しは責められると思っていたフェリシアは、頭を掻きながら言った。

「と、とにかく……私は、心の底から反省している」

「うーん、じゃあ……私が何か命令したら、聞いてくれるんですか？」

冗談半分でケイティが言った。

するとケイティの予想とは裏腹に、フェリシアは何度も頭を縦に振った。

「もちろん！　何でもする！」

「……何でも？　今、何でもするって言いましたよね！」

「う、うん……言った」

唐突に食い気味になったケイティにフェリシアは困惑しながらも頷く。

一方、ケイティはごくりと生唾を飲む。

「じゃあ……ちょっと、考えておきます。とっておきのを」

「……お手柔らかに頼む」

フェリシアはほんの少しだけ後悔した。

エピローグ 大魔導師の弟子はとばっちりを受ける

gensaku kaishimae ni
botsuraku shita
akuyaku reijo ha idai na
madoshi wo kokorozasu

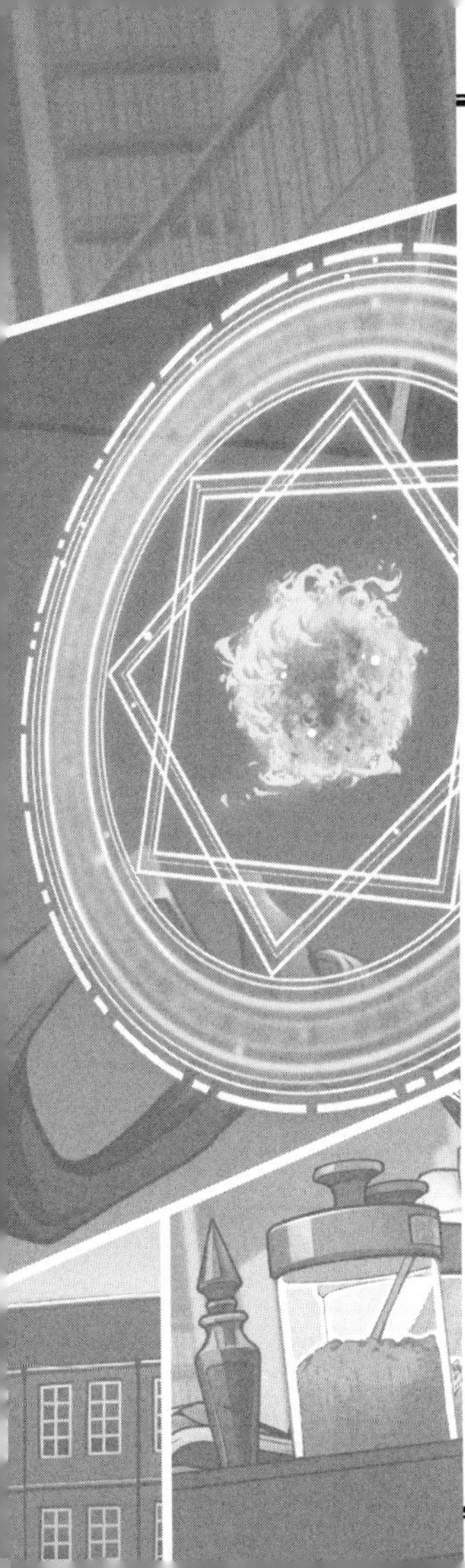

首都、ロンディニアの地下を通る広大な下水道。

そのとある一角には、不自然な空間が存在した。

地図上には決して記されていない、王国政府ですらも把握していないその空間で、二人の人物が対面していた。

一人はフェリシアに敗北を喫したあの魔法使いである。魔法騎士に捕まった後、何とか逃げおおせたのだ。

そしてその魔法使いは……別の男に対し、頭を垂れていた。

「お前ほどの魔法使いが、魔法学園の一生徒に敗北した……か」

若々しい声でその男は言った。

フードに隠れているためその表情は見えないが、声からおそらく〝見かけの年齢〟は二十代半ばほどであろう。

少なくとも、外見は若々しいことは推測できる。

「も、申し訳ございません……我が師よ」

「謝らずとも良い。……ところで、お前を圧倒したというその生徒は、どのような人物だった？」

師と呼ばれたその男は、否、魔導師は弟子の魔法使いに尋ねた。

弟子の魔法使いは当時のことを思い出しながら答える。

「小さな、おそらくは一年生と思われる、女の子でした。髪と瞳の色は金色で、容姿は整っておりました。口調は……なぜか、中性的でしたが」

魔法使いの弟子がそう答えると、魔導師は顎に手を当てながら呟いた。

「……ふむ、一致するな」

「一致する、とは？」

「あのマーリンめが弟子を取り、その弟子が魔法学園に入学したと、聞いている。その弟子の容姿に関する情報と、お前を圧倒したその女子生徒の外見情報が一致する」

そう答えてから魔導師は……

「っく、くくく、ははは、あはははははは！！！」

腹を抱えて笑いだした。

その異様な様子に、弟子の魔法使いは呆然とするしかない。

そして……

「ふざけるなぁ！！！」

強く、地下水道の壁を蹴った。石材が砕け散る。

「どこまで俺をコケにすれば気が済むというのだ、マーリン!!　自分の弟子の方が、俺の弟子よりも優れているとでも言いたいのか!!」

「し、師よ……あ、アコーロン様！　そ、その……」

「黙っていろ!!」

アコーロンと呼ばれた魔導師は弟子に怒鳴り散らした。

そしてソファーに腰を下ろし、ローブから酒を取り出した。

酒瓶に口をつけ、グビグビと飲み、乱暴に口元を拭った。

「実に気に食わん……マーリンめ!! ふん……どうせ俺のことなど、奴の眼中にもないのだろうな！ 弟子の優劣など、競っているつもりは欠片もないだろう。ああ、腹立たしい!! この俺を、我が一族を、道端の雑草のように踏み潰しおって!!」

アコーロンは地団駄を踏んだ。

彼は元々、錬金術で名を馳せた一族の出身だった。

彼の両親もまた、高名な錬金術師であり……彼の一族はいくつもの魔法薬の特許権を持ち、相応の財産を持つ貴族としての地位を持っていた。

しかし……彼が幼い頃、一族は没落した。

マーリンのせいだった。

彼女は次々に、安価でより簡易的に作れる魔法薬のレシピを作り出し、従来の製法を時代遅れのものとしてしまったのだ。

そしてその中にはアコーロンの一族が生み出した製法がいくつもあった。

先祖が生み出した特許権を財政の基盤としていたアコーロンの一族は衰退し、没落してしまったのだ。

幸いにも貴族としての名は残り、魔法学園に入学することはできたが……酷く惨めな思いをした。

それでも彼は苦学の末に、錬金術師としての職を手にした。

そして仕事の傍ら、いくつかの論文を仕上げ、学会で発表した。

しかし……アコーロンの前に立ちはだかったのは、またもやマーリンだった。

――論拠があやふや。論理の筋道がまるでなってない。研究内容も二番煎じどころか三番煎じ。独自性がまるで見られない。で、これはあなたの意見はどこ？　何を主張したいの？　ふん……学生のレポートにしては、頑張ったわねって、ところかしらね？――

マーリンはアコーロンの論文をボロクソに批判した。

他の学者たちもマーリンと同じ感想を抱いたのか、それとも同調したのか、アコーロンの研究を否定した。

その時からだ。

アコーロンはマーリンに対し、強い嫉妬と憎しみを抱くようになった。

「幸運にも、マーリンと同格以上の魔導師に師事し、力を得た。だが……俺では、やはりマーリンには勝てないのか？　あの女に屈辱を味わわせることは、できないのか……くっそ!!」

アコーロンは酒瓶を地面に叩きつける。

そして……アコーロンは自らの師を、マーリンの兄弟子を名乗る大魔導師の言葉を思い出した。

――お前には、ムリだろうなぁ。チェルシー、いや、マーリンには勝てない。マーリンの方がお前よりも早くに魔導を極め始めたとか、そういう問題じゃねぇんだわ。お前、センスがねぇ。つまり、才能がないのよ。絶望的にな。魔法学園の成績、いくつだった？　十三番？　ふん、〝猿のお遊戯会〟で十三番程度の実力じゃあ、百万年経ってもマーリンには、勝てねぇだろうなぁ。いやー、現実は残酷だねぇ。世の中、結局は持って生まれた才能、気質なんだわぁ。ぎゃはははは‼――

アコーロンは血が滲むほど、手のひらを強く握りしめる。

――でもまぁ、俺様はそんな身の程知らずのおめぇが気に入ったぜ？　だから弟子にしてやった。まあ、これ以上は本当に見込みがなさそうだし？　もう教えることはなんにもねぇが……でもな？　お前はマーリンに復讐をしたいんだろう？　なら、方法はいくらでもあるぜ？　勝てないなら、勝てないなりに、頭を使いな。凡人はそうでもしなきゃ、天才には勝てねぇ。まあ、汚い手段を考えるのも、ある意味才能だから、本当の意味では凡人は天才には逆立ちしても勝てねぇんだが……保証してやるよ――

「お前は悪知恵だけなら、マーリンに優っている。……くく、はははは……ああ、そうか。その通りだな……――様」

アコーロンはニヤリと、笑った。

そして自分の弟子に命じる。

「マーリンの弟子に関する情報を集めてこい。どんな些細なことでも良い」

「は、はい！」

弟子の魔法使いは頷くと、一目散に駆けていく。

アコーロンは愉快そうに笑った。

「さーて、マーリンよ。もし、可愛い可愛い愛弟子が……絶望と苦痛で死んだら、お前はどうする？　ぎゃははははははは!!」

アコーロンは楽しそうに笑うのだった。

※

さて、この世界のどこでもない、次元と次元の狭間。

その小さな、ある種の〝世界〟とも言える場所に、一人の男がいた。

次元魔法の最高権威として名高いその魔導師は、アコーロンの様子を遠隔透視魔法で鑑賞していた。

男はゲラゲラと楽しそうに笑う。

「おお、おお‼　我が弟子よ……相変わらず、お前は愚図で、馬鹿で、卑怯だなぁ‼　俺様の、万分の一の才能もないくせに、クソみてぇな性格だけは、似やがってよぉ。くくく、ああ、愉快愉快」

それから遠隔透視魔法の対象を変える。そこには金髪の女の子がいた。

「それにしても……この年で**魔法**を扱えるとはなぁ。チェルシー……マーリンのやつめ、随分と良い掘り出し物を見つけたもんだ。それにしてもピンチになった途端に〝覚醒〟するなんて、まるで漫画の主人公みてぇじゃねぇか。きひひひひ！」

楽しそうに男は笑う。

それから金髪の女の子の隣で笑う、黒髪の女の子にも目を向ける。

「ゲームでは、こっちの方が主人公なんだがなぁ……。いやぁ、全く……どこの誰だろうな？　こんな大それたことをしているのは。……師匠かな？　だとしたら……最悪だな」

一瞬だけ、男は真顔になる。

が、すぐに愉快そうな表情に戻った。

「まあ、俺も遊ばせてもらうぜ。さあ、チェルシー……勝負しようぜ。俺の不肖の弟子と、お前の期待の愛弟子。どっちが勝つか……まあ、このままだとお前の弟子が勝ちそうだし。すこーし、テコ入れさせてはもらうけれどな。くくく、ハハハハハハ」
男は、否、大魔導師……
モーガン・ル・フェイは愉快そうに一人笑うのだった。

あとがき

初めましての方は初めまして、久しぶりの方はお久しぶり。桜木桜(さくらぎさくら)です。

本作は元々ＷＥＢサイトに投稿されていたものであり、二〇二〇年にファミ通文庫Ｂ六版で書籍化されました。しかしながら及ばずに、一巻目で打ち切りという形になりました。

それから約一年が経過した頃、不思議な事にコミカライズ化の打診が来ました。

それをきっかけにファミ通文庫様の方で再書籍化をする運びとなり、イラストはもちろん、コミカライズ版についても以前と同様に閏月戈(うるうげつか)様に担当していただくことになりました。

素晴らしい幸運に恵まれたと思っております。

なお、もし以前のものを読んでくださった読者の方がいらっしゃったら気付いていると思いますが、再書籍化するにあたって、中身は大幅に改稿しています。そのためＷＥＢに投稿されたものや、以前に出版されたものとは別物……というほどではありませんが、大きく変わっています。

以前よりも面白くなったと思っていただけると幸いです。

また前回とは異なり、今回は二巻連続刊行となっています。そのため翌月には二巻目が出版予定です。

こちらも購入していただけると幸いです（ちなみに一巻と二巻のカバーイラストを合わせると、一つのイラストになります）。

ではそろそろ謝辞を申し上げさせていただきます。

挿し絵、キャラクターデザインを担当してくださっている閏月戈様。素晴らしい挿し絵、カバーイラストを描いてくださり、ありがとうございます。

またこの本の制作に関わってくださった全ての方、何よりこの本を購入してくださった読者の皆様にあらためてお礼を申し上げさせていただきます。

それでは二巻でまたお会いできることを祈っております。

■ご意見、ご感想をお寄せください。……………………………………………………

ファンレターの宛て先
〒102-8177　東京都千代田区富士見2-13-3　ファミ通文庫編集部
桜木桜先生　　閏月戈先生

FBファミ通文庫

原作開始前に没落した悪役令嬢は偉大な魔導師を志す

1803

2023年2月28日　初版発行

◇◇◇

著　者　桜木桜
発行者　山下直久
発　行　株式会社KADOKAWA
〒102-8177 東京都千代田区富士見2-13-3
電話 0570-002-301（ナビダイヤル）
編集企画　ファミ通文庫編集部
デザイン　AFTERGLOW
写植・製版　株式会社スタジオ205プラス
印　刷　凸版印刷株式会社
製　本　凸版印刷株式会社

●お問い合わせ
https://www.kadokawa.co.jp/（「お問い合わせ」へお進みください）
※内容によっては、お答えできない場合があります。
※サポートは日本国内のみとさせていただきます。
※Japanese text only

ISBN978-4-04-736853-8　C0193

定価はカバーに表示してあります。

現代陰陽師は転生リードで無双する

著者／爪隠し
イラスト／成瀬ちさと

二度目の人生を謳歌する!!

「有名人となって誰かに自分の存在を覚えておいて欲しい」それが陰陽師、峡部家の長男・聖として生まれた男の願い。そのためには赤子のうちから霊力を鍛え、誰よりも早くプロフェッショナルの道を駆けあがる――！

FBファミ通文庫